사랑의 말, 말들의 사랑

사랑의 말, 말들의 사랑

고종석

알마

사랑의 알고리즘

───────

 사랑이라는 감정만큼 사람을 환희의 물보라로 적시고, 절망의 낭떠러지로 밀쳐내고, 희망의 푸른 하늘로 치올리고, 조바심의 감옥에 가두고, 용기와 헌신과 배려와 굳셈의 전사戰士로 만드는 마음상태가 있을까? 사랑에 빠진 이에게선 빛이 난다. 잠자던 영혼이 깨어나며, 솟구치는 생기로 몸에 파릇파릇 물이 오른다. 그녀는, 또는 그는 고귀하게 기운차다. 그러나 사랑이 기우뚱거릴 때, 그리하여 마침내 가버렸을 때, 그는, 또는 그녀는 미천하게 풀죽는다. 영혼은 다시 잠들고 몸뚱이는 곤두박질친다.

 사랑은 정념情念이다. 그것은 에너지고 기氣다. 만물이 움직이듯, 사랑도 움직인다. 그것이 누군가에겐 슬픈 일이겠지만, 어쩌랴, 움직임이야말로 생의 원리고 우주의 이법인 것을! 사랑은 붙박이가 아니라 떠돌이다. 우리들 대부분이 그렇듯. 사랑은 바람에 실려, 날숨과 들숨에 실려 세상을 떠돈다. 어느 날 사랑이 찾아왔을 때, 우리는 변한다. 어느 날 사랑이 떠났을 때도, 우리는 변한다. 되찾은 사랑 앞에서도, 다시 잃은 사랑 뒤에서도 우리는 변한다. 사랑도 변하고 사람도 변한다. 사랑의 움직임을 좇아 우리도 끊임없이 움직인다. 사랑은 어루만진다. 사랑은 할퀸다. 상처를 내는 것도 사랑이고, 상처를 아물리는 것도 사랑이다. 사랑은 약이면서 독이다. 사랑은 두 사람의 코뮤니즘이다.

그것이 때로 독일지라도, 덧없는 상호구속적 코뮤니즘일지라도, 사람은 사랑 없이 살 수 없다. 아니, 사랑 없이도 살 수 있을지 모른다. 그러나 사랑 없는 삶은 제대로 된 삶에 이르지 못한 삶이다. 이 책은 사랑에 대한, 사랑의 말들에 대한 잡감雜感이다. 여기엔 서른여섯 살 먹은 사내의 사랑이, 사람에 대한 사랑만이 아니라 말들에 대한 사랑의 흔적이 담겼다. 그 사랑은 때로 위태하고 때로 나태하지만, 대체로 진지하고 순정하다.

　누추한 텍스트에 이리 단정한 옷을 입혀준 알마출판사에
깊이 감사드린다.

갑오년 봄

고종석

차례

사랑의 알고리즘 ··· 4

가시내

가시내라는 말은 대부분의 한국어 사전에
올라 있지 않다. 그러나 가시내의 뜻을 모르는 한국 사람은 없
을 것이다. 모두 다 알다시피 가시내는 계집애의 전라도 사투
리다. 그리고 아마 그 말의 얕은 뿌리는 아내나 계집붙이를 뜻
했던 중세 한국어 갓 또는 가시에 박혀 있을 것이다. 아내의 어
머니 즉 장모를 속되게 이르는 가시어미나, 아내의 아버지 즉
장인을 속되게 이르는 가시아비, 또 지어미와 지아비 즉 부부
를 속되게 이르는 가시버시라는 현대어에 갓 또는 가시라는 중
세어의 흔적이 남아 있다. 중세의 흔적을 몸뚱어리에 새기고
있는 그 현대어들이 속된 느낌을 지니고 있는 것은, 살아 있는

언어 가운데 가장 오래되고 가멸찬 문명이 뒷배를 보고 있는 중국어 옆에서 가늘고 질긴 목숨을 이어왔던 어떤 변두리 언어의 피할 수 없는 운명일 것이다.

아주 소박한 민간 어원의 수준에서라면 갓인 아이 즉 계집붙이에 속하는 아이라고 분석할 수 있을 가시내도, 그것의 표준어인 계집애처럼, 어떤 맥락에서는 약간 속된 울림을 지닌다. 서로 스스럼없는 사이에나 쓸 수 있는 말이라는 뜻이다. 그렇지만 그 속됨의 정도는, 내 언어 감각으로는, 계집애의 경우보다 약하다. 그것은 전라도 것이 서울 것보다 윗자리에 앉아 있는 아주 희귀한 경우다.

한국 사람이라면 누구나 다 알다시피, 전라도는 속됨과 천스러움의 상징이다. 모든 더러움과 상스러움과 너절함과 잡스러움과 능갈맞음과 간악무도함이 전라도라는 쓰레기통에, 차라리 똥통에 처박혀 있다. 좀 멋부려 얘기하면 전라도라는 판도라의 상자에 담겨 있다. 게다가 그 상자 속엔 희망도 없다.

그곳은 문기文氣의 땅이 아니라 색기色氣의 땅이다. 그곳은 추로鄒魯의 향鄕이 아니다. 질박質朴과 숭문崇文과 신의信義의 향이 아니다. 그곳은 배덕背德과 사음邪淫과 황잡荒雜의 향

가시내

이다. 오사리잡놈과 불여우의 땅이며, 불상놈, 판상놈, 초친놈, 건설방, 걸레부정, 단거리서방의 땅이며, 일패·이패·삼패의 덥추와 더벅머리와 논다니와 계명워리와 달첩의 땅이다. 놈팡이와 갈보와 뚜쟁이와 거사의 땅이다. 온갖 개잡년들, 개잡놈들의 땅이다.

전라도를 예향藝鄕이라고 치켜세우는 외지 사람들의 말투에서 나는 광대나 사당이나 은근짜나 통지기년을 짐짓 이해의 눈길로 바라보는 여염집 선남선녀의 덜떨어진 도덕적 우월감을 읽는다: "예藝란 곧 음淫이다, 음淫이란 곧 음淫이다." 그걸 납득하기 위해서 공자 시대까지 거슬러 올라갈 필요는 없다. 내가 따르는 어느 소설가가 내게 가르쳐주기를, 몰리에르 시대의 연극배우들은 대체로 직업적 창녀였단다. 배우에 대한 사회적 평가가 그때와는 견줄 수 없을 만큼 높아진 지금도 사정은 크게 다르지 않을 것이다. 손보기와 감탕질은 그들 생업의 본질적 부분이다.

예술이란 곧 잡년·잡놈들의 너절한 기예다, 라고 굳이 내가 말하고 싶은 것은 아니다. 내가 말하고 싶은 것은, 전라도를 예향이라고 치켜세우는 외지 사람들의 말투에서 예술이란 곧

15

가시내

잡년·잡놈들의 기예다, 라는 함축이 읽힌다는 것이다. 그것은 전라도 사람으로 반생을 살아온 내가 지니고 있는 지나친 자의식 때문일지도 모른다. 전라도에서 9천 킬로미터를 떨어져 살면서도 훌훌 떨쳐낼 수 없는 그 자의식.

전라도 음식의 맛깔스러움을 얘기하는 외지 사람들의 말투에서도 나는 그 맛깔스러움을 전라도적 성정의 비루함으로 이어나갈 채비를 차리고 있는 해묵은 〈특질고特質攷〉의 억양법을 읽는다. 배은과 변덕과 시치미의 상징으로서의 그 맛깔스러움. 그것 역시, 전라도 사람으로 살아온 내가 떨쳐버릴 수 없는 자의식 때문인지도 모른다. 내 삶이 다하는 날까지 내 사지에 끈끈하게 들러붙어 있을 그 자의식.

지난날, 전라도를 아랫녘이라고 불렀던 것은 여러모로 마땅한 바가 있다. 바로 그곳이야말로 허튼 계집의 땅이고, 노는 계집의 땅이며, 화냥년의 땅이니까. 요컨대 모든 아랫녘 장수들의 땅이니까. 전라도말 가시내는, 그러니까, 계집붙이 가운데 그런 천한 것들의 이름일 수밖에 없다. 그러니 묘하다. 그런데도, 적어도 내 느낌으로는, 가시내라는 말에는 계집애라는 말 정도의 천기賤氣도 없으니 말이다.

가시내

계집애라는 말에서 내가 말 많고 되바라진 서울 까투리의 이미지를 얻는 데 견주어, 가시내라는 말은 내게 어떤 새침데기의 이미지를 준다. 그때의 새침데기는, 새침데기 골로 빠진다는 속담이 가리키는, 겉으로는 새치름하되 속은 엉뚱한, 그러니까 맹랑한 계집애가 아니다. 그때의 새침데기는 수줍음 속에 수억 년의 처녀를 간직하고 있는 알짜배기 요조숙녀다. 그러니까, 가시내라는 전라도말에는, 내 느낌으로는, 계집애라는 서울말에보다 더 풋풋한 기운이, 더 싱그러운 풋기운이 배어 있다. 되바라진 가시내도 없지는 않겠지만 가시내의 사랑은 대체로 풋사랑이다.

가시내의 풋사랑, 벼락같은 정겨움을 뒷맛으로 남기는 사랑, 산뜻한 감칠맛의 사랑, 어색한 입맞춤의 뒷맛이 혀에 감기듯 남아 있는 그런 풋풋한 사랑, 그러나 동시에 갑이별이 예정돼 있는 사랑, 한때는 청순가련했을 흑산도 은근짜들의 그 까마득한 첫사랑, 세상 모든 논다니들의 아득한 풋사랑, 마침내는 판도라의 사랑, 내 누이의 비련悲戀.

가시리

―――――――

　　　지은이와 지은 연대가 알려지지 않은 고려 시대의 속요. 후렴구를 제쳐놓은 전문全文은 모두 다 알다시피 이렇다.

가시리 가시리잇고
ㅂ리고 가시리잇고

날러는 엇디 살라 ㅎ고
ㅂ리고 가시리잇고

잡ᄉᆞ와 두어리마ᄂᆞᆫ
선ᄒᆞ면 아니 올셰라

셜온 님 보내ᅀᆞ오노니
가시ᄂᆞᆫ 돗 도셔 오쇼셔

이 노래의 제목이기도 한 첫 행의 첫 낱말 가시리는 그 뒤
에 이어지는 가시리잇고의 생략형이다. 그러므로, 가시렵니까
또는 가시겠습니까의 뜻이다. 이 노래를 현대어로 옮기면 모
두 다 알다시피 이렇다.

가시렵니까 가시렵니까
버리고 가시렵니까

나더러는 어찌 살라 하고
버리고 가시렵니까

붙잡아둘 일이지만

시틋하면 아니 올셰라

설운 님 보내옵나니
가시자마자 돌아서 오소서

　무애 양주동의 호들갑스러운 찬탄이 아니더라도 〈가시리〉는 한국 문학사가 낳은 가장 절절하고 빼어난 연애시 가운데 하나다. 빼어난 연애시들이 대개 이별의 시이듯이, 〈가시리〉도 이별의 노래다. 통속적인 해석에 따르면 이 시의 화자話者는 여자다. 이 노래에서 도드라지는 애소哀訴와 원망과 설움과 체념 따위의 정조情調가 여성적 정서라는 데에 근거를 두고 있는 해석일 것이다. 전투적인 여성해방운동가들에겐 이 시의 패배주의가 혐오스러울지도 모른다. 그이들을 위로하기 위해 한마디하자면, 나는 이 시의 화자가 남자일 수도 있다고 생각한다. 애소와 원망과 설움과 체념 따위의 정조는 딱히 여성적인 정서라기보다는 차라리 사랑의 정서다. 연애란 그런 것이다.

각성바지

———————

어머니는 같으나 아버지는 각각 다른 형
제. 즉 이부異父형제. 물론 여기서 형제라는 말이 성적性的 표
지의 구실을 하는 것은 아니다. 무슨 말이냐 하면, 형제라는
말은 성적으로 중성이라는 말이다. 그 형제란 자매일 수도 있
고 오누이일 수도 있다는 뜻이다. 각성받이라고 쓰지 않고 각
성바지라고 쓰는 것이 묘하다. 각성바지의 바지는 분명히 동
사 받다에서 나왔을 테니 하는 말이다. 개가해온 아내가 데리
고 들어온 자식을 뜻하는 덤받이의 받이나, 버려진 것을 거두
어 기른 아이를 뜻하는 개구멍받이의 받이가 그렇듯. 물론,
한글맞춤법을 정한 학자님들께서 어련히 이것저것 다 따져
보았을까만.

각성바지를 각아비자식이라고도 한다. 각성바지는 자기들 어머니의 해방 문서다. 그것은 아스라한 삼첩·쥐라·백악의 화석이자 새로운 모계사회의 징후다. 그것은 나부끼는 깃발이다. 청마의 잘 알려진 시구를 훔치자면, 소리없는 아우성⋯⋯ 저 푸른 해원을 향해 흔드는 영원한 노스탤지어의 손수건.

각성바지

각시

      갓 결혼한 젊은 여자. 아무래도 낡은 말이
라는 느낌을 지울 수 없다. 동요〈고드름〉의 각시방 영창에 달
아놓아요 하는 가사 정도에나 남아 있는 말이다. 각시는 중세
어로 어린 계집을 뜻했다.

    갓 결혼한 젊은 여자라는 뜻으로 각시보다 더 널리 쓰이는
말은 새색시다. 줄여서 그저 색시라고도 한다. 그렇지만 술집
의 접대부를 색시라고 부르는 관행 때문에, 색시라는 말은 물
론이고 새색시라는 말도 본디의 산뜻한 울림을 잃어버렸다.
이런 뜻을 지닌 말로는 새댁이라는 말이 비교적 품위 있다. 새
아기씨나 그것의 준말인 새아씨는 새댁을 높여 부르는 말이

고, 집안의 손윗사람이 새댁을 일컬을 때는 새사람이라고 하기도 한다.

색시는 한편으로 혼기婚期에 다다른, 그러나 아직 결혼하지 않은 젊은 여성을 이르는 말이기도 하다. 아마도 이 뜻이 술집의 접대부라는 뜻으로 번졌을 것이다. 참한 색시라고 말할 때 그 참한이란 좋은 배필로서의 덕성을 갖춘이라는 뜻이다. 그렇지만 참한이라는 말을 붙여보아야 색시라는 말에 산뜻한 느낌이 되살아나지는 않는다. 그 경우의 색시에 해당하는, 좀 낡기는 했으나 여전히 기품을 유지하고 있는 말은 규수閨秀다. 규수가 혼인을 하면 각시가 되는 것이다.

규수라는 말을 하고 나니 규방이라는 말이 연상된다. 규방이란 부녀자가 거처하는 방이나 부부의 침실을 뜻한다. 도장방이라고도 한다. 규방에서 나온 규방문학이라는 말은 조선시대 때 양반 부녀층에서 이뤄진 문학을 뜻한다. 규방이라는 말에서는 프랑스어에서 그 말에 해당하는 알코브alcôve나 부두아르boudoir에서만큼은 성애性愛의 연상이 일지 않는다. 말하자면 규방의 분위기는 알코브나 부두아르의 분위기보다는 더 정숙하다. 그러나 그것도 어쨌든 침실은 침실이다.

각시

간살

아첨하고 아양떠는 태도를 뜻한다. 간살
을 잘 부리는 사람은 간살쟁이다. 간살에서 형용사 간살스럽
다와 동사 간살부리다가 나왔다. 교태, 아양, 어리광 등과 때
로 그 뜻이 넘나들며 쓰이는 간살은, 특히 여성에게는, 연애
의 중요한 요소다. 그것은 양귀비부터 마릴린 먼로에 이르는
동서양의 경국지색傾國之色들에게 꼭 필요한 재능이었다. 단
지 아름다운 용모만으로 임금을 호리기는 힘들다. 임금을 호
리기 위해서는 간살이 필요하다. 간살은 가장 뛰어난 매춘부
들이 공통적으로 지니고 있는 미덕이기도 하다. 여기서 매춘
부라는 말은 빗댄 표현이다.

강샘

　　강샘의 샘이 샘내다의 샘인 것은 확실하다. 샘은 자기보다 나은 처지에 있는 사람을 미워하는 마음이다. 그리고 그 미움 때문에 타들어가는 마음의 상태다. 그러니까 더 흔한 말로는 질투나 시기다. 그것은 하다류 명사여서 거기서 샘하다라는 동사가 파생됐다. 그러니까 누구를 샘한다는 것은 누구를 질투한다는 뜻이다. 샘하다라는 뜻으로 더 널리 쓰이는 동사로는 샘내다와 샘부리다가 있다. 샘내다가 내면적이고 소극적이고 정적인 울림을 지니고 있는 데 견주어, 샘부리다는 외면적이고 적극적이고 동적인 울림을 지니고 있다. 샘내다가 아니마의 세계에 속해 있다면 샘부리다는

아니무스의 세계에 속해 있다. 그 말은, 물론, 여자는 샘을 내고 남자는 샘을 부린다는 뜻은 아니다. 너무나 많은 남자들이 아니마의 세계에 속해 있고, 바로 그만큼의 여자들이 아니무스의 세계에 속해 있으므로.

샘하는 마음이 많은 상태는 샘바르다라는 형용사로 표현한다. 그 형용사에서, 샘이 많은 사람을 뜻하는 명사 샘바리가 나왔다, 라고 막상 말해놓고 보니 갑자기 자신이 없어진다. 인칭접미사 바리는, 샘바리 외에도, 성미가 모진 사람을 뜻하는 악바리, 별 까닭 없이 남의 말에 반대하기를 일삼는 사람을 뜻하는 트레바리, 곁에서 도와주는 사람을 뜻하는 벗바리, 어리석고 거친 사람을 얕잡아 이르는 뒤틈바리, 뒤틈바리와 비슷한 뜻을 지닌 데퉁바리 같은 말들에서도 발견되기 때문이다. 그런데 악바르다, 트레바르다, 벗바르다 따위의 말은 한국어에 없는 것이다. 그러니, 샘바르다에서 샘바리가 나왔다는 내 말은 순식간에 터무니없는 말이 되고 말았다. 그저 바리 자체가 어떤 성격적 특성이 지나친 사람을 뜻하는 접미사일 것이다.

다시 샘으로 돌아가자. 질투를 뜻하는 그 샘은 물이 솟아나오는 자리를 뜻하는 샘과 형태가 같아서 때때로 의미의 자릿

한 혼숙混宿을 유발한다. 샘솟다나 샘터나 샘터지다의 샘은 물이 솟아나오는 자리를 뜻하는 샘이지만, 그것을 질투를 뜻하는 샘으로 해석해도 유쾌하다. 샘솟다는 질투가 솟아나는 것이며, 샘터는 질투를 불러일으키는 공간이나 상황이며, 샘터지다는 질투가 나기 시작하는 것을 뜻한다 하는 식으로 말이다. 그 두 개의 샘이 같은 어원을 지니고 있는지 그렇지 않은지는 불확실하다. 그러니까 원래 하나의 말이었던 것이 그 의미가 분화된 것인지, 그렇지 않으면 본디부터 다른 말이었는지는 불확실하다. 확실한 것은 그 두 말이 중세 때도 시암이라는 형태를 공유하고 있었다는 사실이다. 조선 시대의 사람들은, 아주 늦은 시기까지도, 샘물을 시암물이라고 말했고, 시기하는 마음이 강한 성격을 시암바르다라는 형용사로 표현했다. 하기야 시암이 샘으로 준 것은 그리 오래된 일은 아니다. 시골의 나이든 이들은 요즘도 새암, 새암바르다, 새암바리 따위의 표현을 사용한다.

강샘의 강이 무엇을 뜻하는지는 확실하지 않다. 그것은 어쩌면 강짜부린다고 할 때 그 강짜의 강일지 모른다. 어쨌든 강샘은 일반적 의미의 시기나 질투보다는 좁은 의미의 투기에 가깝다. 즉 그것은 자기가 사랑하는 사람이 자기 말고 남을 사랑할 때 느끼게 되는 조바심과 좌절과 미움의 감정이다. 강샘은 구약성서의 〈아가〉에 따르면 저승처럼 극성스러운 것이고, 어떤 불길보다도 더 거센 것이다. 그것은 자신의 열세를 초라하게 인정하는 것이지만, 그것 없이는 어떤 알짜배기 사랑도 불가능한 정열의 원천이다. 그것은 사랑과 함께 태어나는 감정이지만, 그렇다고 사랑과 함께 시들지는 않는 감정이다. 요컨대 그것은 때때로 사랑 이상으로 절대적인 감정이다. 그렇지만 사랑을 포함한 많은 감정이 그렇듯 강샘은 소모적인 감정이다. 그것은 피를 끓게 하고 장을 썩인다. 누군가의 익살에 따르면 강샘은 인류만큼이나 오래된 것이다: "아담이 한번 늦게 돌아오자, 이브는 그의 늑골을 세기 시작했다. 장씨 성을 가진 여자들의 강샘은 조선왕조의 사직을 마구 흔들어댔다."

강샘은 인간만의 감정이 아니라 신들의 감정이기도 하다. 여호와 같은 유일신이든, 그리스신화의 신들 같은, 인간의 얼굴을 한 잡신이든. 여호와는 모세에게 준 열 개의 계명 가운데 하나에서 자기 말고 다른 신을 섬기지 말라고 못박고 있다. 그는 강샘하는 신이기 때문이다. 그리스신화의 많은 부분은 제

우스의 난봉에 격분한 헤라가 자기 남편의 애인들에게 가하는 끔찍스러운 보복과 박해로 채워져 있다.

강짜란 강샘을 좀 속되게 이르는 말이다. 여자는 강짜를 빼면 서 근도 안 된다는 속담은 여자의 일반적인 질투심을 지적한 말이지만, 신문 사회면을 다채롭게 꾸미는 어떤 가정 폭력 기사들은 강짜가 여자만의 것은 아니라는 걸 보여준다.

강샘과 비슷한 뜻을 지닌 말로 시샘이 있다. 시샘의 샘은 강샘의 샘이 아니다. 시샘은 동사 시새다의 명사형일 뿐이고, 시새다는 시새우다의 준말이기 때문이다. 누구를 시새운다는 것은 누구를 샘한다는 뜻이다. 그러나 하다류 명사인 샘이나 강샘에 이끌린 탓인 듯, 누구를 시샘한다 따위의 표현도 이젠 자연스럽게 쓰인다.

암상도 강샘 또는 시샘과 비슷한 말이다. 그러나 암상의 울림은 강샘이나 시샘보다 좀더 부정적이다. 이 말에는 비난의 뜻이 은근히 배어 있다. 암상도 샘처럼 하다류 명사다. 그렇지만 암상하다는 샘하다와 달리 형용사다. 즉 암상하다는 샘하다의 뜻이 아니라 샘바르다의 뜻이다. 암상하다와 같은 뜻으로 암상스럽다 또는 암상궂다는 말도 쓰인다. 암상은 또 강샘이나 시샘보다 동사의 형성 과정에서 훨씬 더 생산적이다. 즉 동사 파생어가 풍부하다. 암상내다, 암상부리다, 암상피우다, 암상떨다는 암상스러운 태도를 보인다는 뜻이다. 암상을 잘 부리는 사람을 암상꾸러기라고 한다. 즉 암상꾸러기는 샘바리와 비슷한 말이다. 암상스러운 마음을 암기라고 한다. 암기의 기는 아마 기氣일 것이다. 숫기의 기가 그렇듯.

암상과 비슷한 말에 얌심이라는 말이 있다. 그것의 형용사는 얌심스럽다이다. 얌심스러운 짓을 하거나 그런 태도를 보이는 것을 얌심을 부리다 또는 얌심을 피우다라는 관용구로 표현한다. 얌심이 많은 사람을 얌심꾸러기 또는 얌심데기라고 한다. 강샘, 시샘, 암상, 얌심과 비슷한 말로 또 당길심이라는 말도 있다. 당길심은, 말 그대로, 어떤 사람이나 사물을 자기 쪽으로만 끌어당기려는 욕심이다. 그것은 자기중심주의의 철학이다.

강샘으로 시작한 우리의 질투의 여정은 개염으로 끝난다. 개염도 시샘의 일종이지만 거기에는 탐욕이라는 뜻이 배어 있다. 개염은 일종의 탐냄이다. 그러므로 개염의 표적은 꼭 사람이 아니라 사물일 수도 있다. 개염이 생기는 것을 개염난다고 하고, 개염을 드러내는 것을 개염낸다 또는 개염부린다고 한다. 개염내다와 개염부리다의 차이는 샘내다와 샘부리다의 차이, 또는 암상내다와 암상부리다의 차이에 대응한다. 한쪽이 내면적이고 소극적이고 정적이라면 다른 쪽은 외면적이고 적극적이고 동적이다. 개염내다가 태도나 자세의 영역에 속한다면 개염부리다는 행동의 영역에 속한다. 개염내는 태도가 있어 보이는 상태는 개염스럽다라는 형용사로 표현한다.

강샘

건드리다

여자를 꾀어서 성적 관계를 맺는 것을 건
드린다고 말한다. 그러니까 이런 뜻으로 쓰이는 건드리다는
대체로 남자를 주어로 삼는다. 그렇지만, 해방된 여성이 나날
이 늘어나고 동성애에 대해 사회가 점점 너그러워지면서 이
런 의미론적 제약은 오늘날 더이상 유효하지 않다. 너 걔 건
드렸니라는 문장에서 이젠 더이상 너와 걔의 성性을 짐작할
수가 없다.

겹혼인

사돈의 관계에 있는 사람끼리 다시 맺는 혼인을 겹혼인이라고 한다. 그녀와 그가 부부 사이인데, 그녀의 사내 아우와 그의 누이가 결혼을 했다면 두 집안은 겹혼인을 맺은 것이다. 겹혼인 가운데 특히 이런 경우를 가리켜 누이바꿈이라고도 한다.

겹혼인의 겹은 겹받침, 겹소리, 겹눈, 겹꽃, 겹잎, 겹글자 따위의 말들에서 볼 수 있는 그 겹이다. 그것의 대응어는 홑이다. 겹꽃잎의 대응어는 홑꽃잎이고, 겹소리의 대응어는 홑소리며, 겹눈의 대응어는 홑눈이고, 겹눈의 상대어는 홑눈이다. 그렇다고 해서 겹혼인의 대응어로서 홑혼인이라는 말이 있는 것은 아니다. 혼인은 일반적으로 홑혼인이니까.

겹혼인과 비슷한 말로 덤불혼인이라는 말이 있다. 굳이 말 그대로 해석하자면, 인척 사이의 혼인으로 덤불을 이루는 혼인이다. 덤불혼인은 봉건시대의 왕족이나 현대의 자본가 집안 사이에서 드물지 않게 볼 수 있는 추악한 계급혼의 일종이다.

또 뜻이 똑같은 것은 아니지만 누비혼인이라는 말도 있다. 두 성 사이에 혼인이 여러 번 겹친 경우를 말한다. 누비란, 누비이불·누비옷 따위의 말에서 보이듯, 천을 겹으로 포개놓고 줄이 죽죽 지게 박는 바느질을 뜻한다. 누비를 누비질이라고도 한다. 또 누비는 그렇게 해서 만든 물건을 뜻하기도 한다. 그러므로 누비혼인이란, 말 그대로 해석하자면, 혼인을 통해서 누비질을 하는 것이다. 누비질을 하는 것을 누빈다고 말한다. 명사 누비에서 동사 누비다가 파생된 것이다. 누비와 누비다의 관계는 띠와 띠다, 배와 배다, 자와 재다, 서리와 서리다 따위의 관계와 같다.

계명워리

성적으로 자유분방한 여성을 계명워리라고 말한다. 그 어원은 불확실하다. 그러나 그것은 자신들에게 부과한 계명誡命을 통해 계명축시鷄鳴丑時의 계명성啓明星을 삶의 한 푯대로, 나침반으로, 문자반文字盤으로 삼고 있는 여자들의 계명戒名이자 계명階名이다. 그러니까 계명워리는 야행夜行과 야상夜想(야상夜商이 아니다!)의 팔자를 타고난 여자다.

그녀

———————

　　한국어의 단수 인칭대명사로는 1인칭에
나와 저가 있고 2인칭에 너와 자네, 그대가 있다. 겸양의 여
부에 따라 1인칭 대명사 나와 저의 대립이 생긴 것은 그리 오
래된 일이 아니다. 중세 문헌에서는 손윗사람에게 얘기할 때
도 나가 사용된 예가 여럿 확인된다.

　　2인칭 대명사 그대는 중세어에서 그듸로 나타난다. 그것
이 너보다 높은 말이었던 것은 확실하다. 너가 ᄒᆞ라체에 사용
됐던 것에 견주어 그듸는 ᄒᆞ야쎠체에 사용됐다. 존대법 체계안
의 가장 높은 단계인 ᄒᆞ쇼셔체에 상응하는 2인칭 대명사는 한
국어에 없었다. 그러면 지금은? 역시 없다. 예나 지금이나 한

국인들은 극존칭을 사용해야 할 대상에게는 아무런 대명사도 사용하지 않는다. 아무런 대명사도 사용하지 않는다는 것은 반드시 그걸 아예 제로 상태로 남겨둔다는 것만을 뜻하는 것은 아니다. 한국인들은 존칭을 사용해야 할 대상에게는 대체로 그들에 대한 호칭을 제로 상태로 남겨두거나 그 사람의 가족적·직업적·신분적 위계를 표시하는 명사를 사용한다. 네가 그렇게 말했잖아라는 뜻의 말을 자신의 스승에게 할 경우, 우리들은 주어 없이 그저 그렇게 말씀하시지 않았습니까라고 하거나 주어를 명사로 바꾸어, 그러니까 3인칭으로 바꾸어, 선생님께서 그렇게 말씀하시지 않았습니까라고 말한다.

자기 아버지나 스승이나 직장의 상사上司에게, 심지어 애인에게까지 2인칭 대명사를 사용하지 못하고 아버님·스승님·국장님·갑순씨 따위의 존칭 명사를 사용하는 한국인의, 라기보다는 한국어의 관습은 교황이나 군주나 높은 직위의 사람에게 2인칭 대명사를 사용하는 것을 피하고 성하나 폐하나 각하 따위의 명사를 사용하는 서양 사람들의 관습과 통하는 점이 없지 않다. 또 실제로 스페인어에서는 존경을 뜻하는 명사가, 그러니까 3인칭으로 분류될 만한 말이, 경칭의 2인칭 대명사

그녀

로 쓰이기도 한다. 그것은 듣는 사람의 지체나 직위에 대해, 말하는 사람이 내보이는 삼감의 표시일 것이다.

그러나 그 점에 관한 한 한국어는 타의 추종을 불허한다. 현대 한국어에서 듣는 사람이 말하는 사람보다 손윗사람일 경우 듣는 사람을 지칭하는 대명사는 사실상 사용되지 않는다. 우리말에 뿌리깊이 스며 있는 경어법 때문이다. 꼭 대명사만이 문제가 되는 것은 아니다. 조금 과장해서 얘기한다면, 한국어는 말하는 사람이 듣는 사람과 자신 사이의 위계를 설정하기 전에는 단 한마디도 내뱉을 수 없는 언어다. 말하자면 한국어는 그 비슷한 예를 찾아보기 어려울 만큼 비민주주의적인 언어다.

한국어에 3인칭 대명사가 있었던 흔적은 발견되지 않는다. 다만, 중세어에서 3인칭 대명사로 대용됐던 지시대명사 뎌(현대어의 저)를 굳이 3인칭 대명사로 값매기자면 값매길 수는 있겠다. 현대어의 남성 3인칭 단수 대명사 그는 서양 소설의 번역과 서양식의 소설 쓰기가 시작된 20세기에 생긴 말이다. 이광수, 김동인 등의 작가가 처음 쓰기 시작한 3인칭 단수 대명사 그는 이제 적어도 문어체에서는 완전한 한국말이라고 할 수 있을 정도로 넓고 깊게 뿌리를 내렸다.

그녀

느릿느릿하게나마 그의 여성형으로 뿌리를 내리고 있는 그녀는, 아마, 일본어의 가노조彼女를 본따 만든 말일 것이다. 일본어에서는 예전부터 지시대명사 가레彼가 3인칭 대명사를 겸해왔는데, 유럽어의 3인칭 대명사를 번역하면서 이 말을 남성으로 삼고 이 말에 대응하는 여성형으로 가노조라는 말이 만들어졌다. 그녀와의 경쟁어로서 1927년 1월의 《해외문학》 창간호가 제안한 그내 또는 그네라는 말이 있고, 또 어미나 지어미라는 말의 미를 그에 덧붙인 그미라는 말이 있지만, 그내·그네·그미가 앞으로 무슨 세력을 키우리라고는 생각되지 않는다. 한때 여항간閭巷間에 쓰이던 궐녀厥女라는 말도 마찬가지다.

많은 작가들이나 국어학자들이 그녀라는 말의 사용에 대해 부정적이다. 1인칭·2인칭에 없는 성의 구별이 3인칭에는 있어야 하는가, 그것은 서양말에 우리말을 맞추는 격이 아닌가, 더구나 그것은 서양말에 자기들 말을 맞춘 일본 사람들의 조어를 그대로 흉내낸 것이 아닌가, 실제로 그녀라는 말이 보편적으로 쓰이고 있는 것도 아니지 않은가 하는 것이 대체로 그들의 논거다. 이런 논거들은 죄다 흠잡을 데 없을 만큼 정당

그녀

한 논거들이다. 또 우리는 그녀라는 말에서 성차별의 낌새를 발견하려는 여성해방운동가들의 반격을 받을 수도 있다.

개인적으로, 나는 그녀라는 말의 쓰임을 막을 수는 없다고 믿는다. 나도 글 속에서 그녀라는 말을 즐겨 사용한다. 물론 내가 입말을 하면서 그녀라는 말을 사용하는 것은 아니다. 그라는 말을 입말에서 사용하지 않듯이 그녀라는 말도 나는 입말에서는 사용하지 않는다. 나는 입말에서는 남녀를 아우르는 3인칭 단수 대명사로 그이라는 말을 즐겨 사용한다. 그렇지만 나는 글을 쓰면서는 그이라는 말보다는 그 또는 그녀라는 말을 사용한다. 꼭 유럽어를 번역할 때가 아니더라도, 3인칭 대명사의 성을 밝혀주는 것이 편리할 때가 있는 것이다. 나의 이런 분열 증세가 비난받을 만한 것이라고 할지라도 이제 내 버릇을 고칠 수 있을 것 같지는 않다. 내가 앞으로도 그녀라는 말을 입말에서는 사용하게 될 것 같지 않은 바로 그만큼, 내가 그녀라는 말을 내 어휘 목록에서 완전히 추방하게 될 것 같지도 않다. 그녀가 없다면 나는 얼마나 가난할 것인가? 버릇은 제2의 천성인 것이다.

그녀

그리움

———————

형용사 그립다에서 파생된 명사. 어떤 대상을 그리워하는 마음을 뜻한다. 그리워한다는 것은 어떤 대상을 보고 싶어한다는 뜻이다. 이 동사는, 사실, 우리가 한눈에 보듯, 형용사 그립다에서 나왔다. 그러니 그리워하다를 사용해 그립다를 설명하는 것은 명백히 역사적 전도다. 게다가 그것은 논리적 전도이기도 하다. 그리워한다는 것은 그리움을 바깥으로 드러내는 것이므로. 그렇지만 잠시 우리를 고전적 시간으로부터 해방시키자. 역사적 시간으로부터도, 논리적 시간으로부터도.

한편, 문제의 형용사 그립다의 어원은 동사 그리다이다. 그리는 마음이 간절한 상태가 그립다이다. 그 동사 그리다는,

그리워하다와 비슷하게, 어떤 대상을 간절히 보고 싶어한다는 뜻이다. 그러니까 동사 그리다에서 형용사 그립다가 나왔고, 형용사 그립다에서 다시 동사 그리워하다가 나왔다.

그리다에서 그립다를 거쳐 그리워하다에 이르는 과정은 어떤 대상을 보고 싶어하는 마음이, 말하자면 결핍감이—보고 싶어하는 마음은 일종의 결핍감이므로. 바로 옆에 있는 대상을, 그러니까 지금 볼 수 있는 대상을 보고 싶어하지는 않으므로—외적 표현의 상태에서 내적 새김(또는 삭임)의 상태로 침잠했다가 그것이 넘쳐흘러 다시 외적 표현의 상태로 돌아가는 과정이다. 돌아간다고 말하는 것은 옳지 않다. 지양된다고 말하는 것이 사실에 더 가까울 것이다. 그리다—그립다—그리워하다의 전개 과정은 그러니까, 굳이 말하자면, 변증법적이다. 그것은 결핍감의 변증법이다.

그립다/그리워하다의 관계는, 한국어 화자에게라면 누구에게나 자명하듯, 기쁘다/기뻐하다, 슬프다/슬퍼하다, 아쉽다/아쉬워하다, 아프다/아파하다, 즐겁다/즐거워하다, 고깝다/고까워하다 따위의 관계와 같다. 앞항의 형용사들이 그 긴장의 정점에 이르렀을 때, 뒤항의 동사들로 장엄하게 전화된다.

그 팽팽함과 퉁겨나감은 가히 양질 전화라 할 만하다.

　그리다—그립다—그리워하다 연쇄의 시발점인 그 동사 그리다에는 어떤 대상을 간절히 보고 싶어한다는 뜻 외에, 우리가 잘 알다시피, 선이나 빛깔로, 그리고 마침내는 언어로 어떤 대상을 형상화한다는 뜻도 있다. 남산 풍경을 그리다, 러시아혁명기 농민의 삶을 그리다 따위의 표현에서 나타나는 그리다가 그것이다. 첫째 그리다 즉 임을 그리다의 그리다와 둘째 그리다 즉 남산 풍경을 그리다의 그리다가 본디 한 단어였는지, 그렇지 않고 별개의 단어였는지는 단언할 수 없다. 무슨 말이냐 하면 본디 한 단어였던 것이 의미의 미세한 분화를 겪은 것인지 그렇지 않으면 의미 연관성을 추정할 수 있는 별개의 단어 두 개가 우연히 같은 형태를 지니고 있었는지는 단언할 수 없다. 단언할 수 있는 것은 그 두 단어가 중세어에서도 같은 형태를 취했다는 것이다. 현대어에서와 같은 그리다의 형태로.

　나로서는 본디 한 단어였던 것이 의미의 분화를 겪었다는 쪽에 표를 던지겠다. 둘째 그리다 즉 남산 풍경을 그리다의 그리다가 먼저 있었고, 거기서 첫째 그리다 즉 임을 그리다의 그

그리움

리다로 의미가 번져갔을 것이라는 게 내 추측이다. 순서가 그 반대가 될 수는 없다. 인간의 정신이란 일반적으로 구체에서 추상으로 번져가는 것이지 추상에서 구체로 번져가는 것이 아니므로.

현대어 사랑하다의 중세적 형태인 ᄉᆞ랑ᄒᆞ다의 의미 분화도 우리의 이런 추측을 변호한다. 중세어 ᄉᆞ랑ᄒᆞ다는 본디 생각하다의 의미였던 것이 사랑하다의 의미로 번진 것이다. 생각하다와 사랑하다의 의미 연관성만큼은 아닐지라도, 어떤 대상을 붓으로 그린다는 것과 그 대상을 보고 싶어한다는 것의 의미 연관성도 충분히 인정된다. 우리는 임을 그리며 그 임을 그리는 것이다. 앞 문장의 두 개의 그리다는 그 순서를 바꾸어도—형태의 순서만이 아니라 의미의 순서를 바꾸어도—상관없다.

그립다는 그 그리다의 내적 침잠이다. 그리고 그리워하다의 고치이다. 명사 그리움, 또는 그립다의 명사형 그리움은, 그러므로, 그림의 내적 침잠이자 그리워함의 고치이다. 그 그리움은 결핍으로서의 사랑이다. 나는 네가 그립다를 네가 내게 결핍돼 있다Tu me manques라고 표현하는 프랑스인들은 그 점에서 더 직설적이고 고백적이다. 그리움은 또 금제로서의 사랑이자 박탈로서의 사랑이며 회한으로서의 사랑이자 격절로서의 사랑이다. 신경숙의 서늘한 고백에 따르면 "사랑은 점점 그리움이 되어갔다. 바로 옆에 있는 것, 손만 뻗으면 닿는 것을 그리워하진 않는다. 다가갈 수 없는 것, 금지된 것, 이제는 지나가버린 것, 돌이킬 수 없는 것들을 향해 그리움은 솟아나는 법이다. …… 그리움과 친해지다보니 이제 그리움이 사랑 같다. …… 사랑이 와서, 우리들 삶 속으로 사랑이 와서, 그리움이 되었다."

그 마지막 문장은 눈이 시리도록 아름답고 슬프다: "사랑이 와서, 우리들 삶 속으로 사랑이 와서, 그리움이 되었다."

길들이다

―――――――――

　　길들다의 사동형. 원래는 짐승을 잘 가르쳐서 부리기 좋게 만든다는 뜻이다. 프랑스의 소설가 생텍쥐페리는《어린 왕자》라는 동화에서 이 말에 해당하는 프랑스어 아프리부아제apprivoiser를 특별한 뜻으로 사용했다. 그녀가 그를 아프리부아제했다는 것은 그가 그녀를 사랑하게 됐다는 뜻이다.《어린 왕자》가 프랑스나 프랑스어 사용 지역에서만이 아니라 번역본을 통해 세계 여러 지역에서 예외적인 상업적 성공을 거둔 뒤로 아프리부아제에 해당하는 다른 외국어 단어들도 이런 용법을 덤으로 얻게 됐다. 그가 그녀를 길들였다는 것은 그녀가 그를 사랑하게 됐다는 뜻이다.

껴안다

두 팔로 끼어서 안는다는 뜻이다. 그저 안
는다라고 하거나 보듬는다라고 말하기도 한다. 그렇지만 동사
안다나 보듬다는 덩치가 큰 쪽을 주어로 삼고 덩치가 작은 쪽
을 목적어로 삼는다. 껴안다에는 그런 제약이 없다. 덩치가 작
은 쪽이 덩치가 큰 쪽을 껴안을 수도 있다. 말하자면 껴안다는
안다나 보듬다보다 더 민주주의적인 동사다. 두 사람이 발가
벗고 서로 껴안는 것은 사랑의 충분조건은 아니지만 필요조건
이기는 하다.

꽃

동서양을 막론하고 꽃은 여성의 상징이다. 한국에는 여자를 꽃에 비유하고 남자를 나비에 비유해 남녀 사이의 연애를 표현한 속담이 여럿 있다. 꽃 본 나비 불을 헤아리랴라거나 꽃 본 나비가 담 아니 넘어갈까 따위가 그 예다.

꽃의 중세적 형태는 곶이다. 그런데 중세어의 놋곶(낯꽃)이 안색을 뜻했던 걸 보면, 곶에는 빛깔이라는 뜻도 있었던 듯싶다. 그런 의미의 꽃은 색정色情, 색욕色慾, 색골色骨, 색광色狂, 색향色鄕, 색황色荒, 색한色漢, 색향色香, 색탐色貪, 색태色態, 색주가色酒家, 색마色魔, 색사色事, 여색女色, 남색男色, 호색好色, 재색才色, 춘색春色, 수색水色 등 색을 형태소로 지닌 무수한 한국어 낱말들을 연상시킨다. 중세어에서 곳갓, 곳겨집 같은 말들이 첩妾의 새김으로 사용된 사실도 현대어에서 꽃뱀 이라는 말이 직업적 창녀나 아름다운 악녀를 이르는 속어로 쓰인다는 사실과 관련해서 재미있다. 꽃수레, 꽃구름, 꽃신, 꽃당혜 같은 말들과 사물들에서 꽃은 화려함의 상징이다.

유럽의 많은 언어에서는 여자의 처녀성을 빼앗는 것을 꽃을 꺾는다고 표현한다. 한국에도 꽃 보면 꺾고 싶다는 속담이 있다. 애인을 떠나보낸 〈서경별곡〉의 시인은 그 마지막 두 행에서 질투와 의혹에 가득 차 이렇게 노래하고(노래하고? 차라리 흐느끼고!) 있다: (시인의 애인이) 대동강大同江 건넌편 고즐여/빈타들면 것고리이다.

남녀추니

암수한몸…… 자웅동체雌雄同體…… 암수 한그루…… 자웅동주雌雄同株…… 양성구유兩性具有…… 반음양半陰陽…… 고녀睾女…… 어지자지…… 성性의 아우타르키…… 헤르마프로디토스처럼.

넋

넋에 대한 믿음은 낭만적 사랑의 종교적 기초나. 낭만적 사랑이란 임도 하나요 달도 하나다라는 한국 속담에 구현돼 있는 이념이고, 중세와 근대 유럽의 가족제도를 떠받치고 있던 위선과 억압의 철학이다. 고려 시대의 사람들은 그런 낭만적 사랑을 구스리 바회예 디신돌/긴힛돈 그츠리잇가/즈믄 해롤 외오곰 녀신돌/신信잇단 그츠리잇가라는 시구로 정형화하기도 했다. 한 사람의 짝은 오직 하나이고, 그것은 이미 수억 년 전부터 정해져 있었다는 생각, 그래서 오직 그 한 사람에게만 영원히—영원히!—충실해야 한다는 생각이 넋에 대한 믿음 없이 나오기는 어렵다. 유물론이 성적 진보주의 또는 성적 방종과 쉽사리 결합되는 것은 그것 때문이다.

넋

놀아나다

성적으로 자유분방하게 처신하는 것을 놀아난다고 말한다. 연애는 유희다. 호모 루덴스Homo ludens.

눈맞추다

<hr/>

　　남녀 사이에 서로 사랑하는 눈치를 보이는
것을 눈맞춘다고 한다. 사랑은 눈에서 시작된다. 눈맞춤은 모
든 사랑의 정지整地 작업이다. 눈맞춤이 있은 뒤에야 입맞춤이
있을 수 있다. 눈이 맞은 뒤에야 배도 맞는다. 눈은 입술보다 더
빨리, 더 많이, 더 정확히 말한다. 눈은 귀보다 더 빨리, 더 많
이, 더 정확히 듣는다. 눈은 리얼리스트다. 눈은 그리움의 통로
다. 눈에 어리다, 눈에 선하다 같은 말은 그리움이 있는 사람에
게 소용되는 표현이다. 눈맞추다나 눈맞다만이 아니라 눈가
다, 눈독들다, 눈독들이다, 눈주다, 눈웃음치다 같은 동사들은
사랑에 눈뜬 사람에게 소용되는 동사다.

달거리

성숙한 여자에게 대개 28일 간격을 두고 규칙적으로 일어나는 자궁출혈. 한자말로는 월경月經, 월사月事, 월후月候, 경도經度, 경수經水, 홍조紅潮라고 표현한다. 달거리가 있는 것을 몸이 있다고도 표현한다. 몸가지다라는 동사도 같은 뜻이다. 그때 몸은 몸엣것의 준말이다. 몸엣것이란 본디 달거리 때 나오는 피, 즉 월경수月經水를 뜻한다. 그렇지만 일상적으로는 몸이든 몸엣것이든 달거리와 같은 뜻으로 쓰인다. 몸때란 월경 때란 뜻이다. 달거리 전에는 이슬이 비친다. 여자가 달거리할 때 샅에 차는 천을 개짐이라고 말한다. 한자말로는 생리대生理帶, 월경대月經帶라고도 표현한다. 물론 가장 흔한 표현은 패드다. 나이가 들어 달거리가 멈추는 시기를 폐경기라고 말한다. 여자가 폐경기에 들어섰다는 것은 임신의 공포로부터 해방됐다는 뜻이다. 그러니까 성적으로 좀더 능동적일 수 있게 됐다는 뜻이다.

달콤하다

──────────────

감칠맛이 돌 정도로 알맞게 달다. 접사 콤은 감각어의 어근 뒤에 덧붙어 그 정도가 알맞음을 함축한다. 매콤하다, 새콤하다의 콤이 바로 그 콤이다. 달콤함은 사랑의 맛이다. 그러나 사랑은 또한 새콤하기도 하다. 그러니, 사랑의 맛은 달콤새콤하거나 새콤달콤한 것이다. 그것은 특히 첫사랑이나 풋사랑의 맛이다. 만물이 아닌 사랑의 맛은, 그러니까 낡은 사랑의 맛은, 들큼하고 시큼하다. 한마디로, 시큼들큼하다.

덧정

―――――――――

        접두사 덧은 명사나 동사 앞에 붙어 덧붙임
―빌어먹을, 이 말에도 덧이 붙어 있으니 결국 이 문장은 재귀
적인, 순환적인, 고로 하나마나한 소리에 지나지 않는군―또
는 거듭의 뜻을 나타낸다. 덧니는 잇바디에서 튀어나와 겹으
로 난 이빨이고, 덧버선은 버선이나 양말 위에 겹쳐 신는 버선
이며, 덧신은 신 위에 다시 포개어 신는 신이고, 덧저고리는 이
미 입은 저고리 위에 겹쳐 입는 저고리다. 덧댄다는 것은 이미
댄 것 위에 포개어 댄다는 뜻이고, 덧바른다는 것은 이미 바른
것 위에 포개어 바른다는 뜻이며, 덧씌운다는 것은 씌운 데다
가 다시 더 씌운다는 뜻이고, 덧입는다는 것은 이미 입은 옷 위

에다가 새 옷을 겹쳐 입는다는 뜻이다. 이 접두사가 동사 더하다와 관련이 있는 것은 분명해 보인다.

정情과 사랑의 차이를 또렷하게 집어내기는 어렵다. 그렇지만 그 두 말의 울림이 다르다는 것을 한국인이라면 누구나 느낄 수 있다. 젊어서는 사랑으로 살고 늙어서는 정으로 산다는·말이 있는 걸 보면, 정은 사랑의 침전물 같은 것인 모양이다. 사랑이 쌈박한 것이라면 정은 은은한 것이라고 할 수 있을지 모른다. 애인 사이에 느끼는 것이 사랑이라면, 부부 사이에 느끼는 것은 정이라고 우겨 말할 수 있을지도 모른다. 그렇지만 이런 일도양단—刀兩斷적인 준별의 시도는 죄 부질없는 짓이다.

어쨌거나, 사랑이라는 말이 하도 닳고 닳아서 이 말이 예전에 지녔을 따스하면서도 서늘한 울림이 많이 가셔져버린 지금, 즉 사랑이라는 말의 맛이 가버린 지금, 정이라는 말은 사랑보다는 뭔가 더 진지하고 더 격조 있는 감정을 뜻하는 것처럼 들리기도 한다. 어떤 사람이나 사물에 정이 생기는 것을 정이 든다고 하고, 반대로 정이 없어지는 것을 정이 떨어진다고 한다. 떨어지는 정은 정나미라고도 표현한다. 그러니까 정나미라는 말은 정과 같은 뜻이지만 부정적인 맥락에서만 사용한다. 정나미는 떨어지는 것이지 들러붙는 것이 아니다.

정은 일차적으로는 정신적인 것이지만, 그 의미는 곧 육체적인 것으로 확대되었다. 예컨대 정을 쏟는다거나 정이 찰떡같다고 말할 때의 정은 정신적인 것이지만, 정을 통한다고 할 때의 정은 정신적인 것과 육체적인 것을 아우르는 것이다. 요컨대 정을 통했다는 것은 살을 섞었다는 뜻이다. 그 점도 정이라는 말과 사랑이라는 말의 차이일지 모른다. 하기야, 사랑에 해당하는 유럽어의 쓰임새의 영향을 받아서인지는 모르겠으나, 화류계 종사자들이나 신세대의 자유분방한 치들 사이에서는 사랑한다는 말이 통정通情한다는, 즉 살을 섞는다는 뜻으로 쓰이기도 한다. 이 두 말의 쓰임새는 분화하는 것이 아니라 수렴하고 있는 것이다.

그렇지만 그 두 말이 같지 않은 것도 사실이다. 내게는 정이라는 말이 사랑이라는 말보다 더 따뜻하게 느껴진다. 정답다, 정겹다, 다정스럽다처럼 그 정을 형태소로 해서 이뤄진 낱말들의 따뜻함 때문인지도 모른다. 치정癡情이라는 말의 정은 따뜻하다 못해 뜨겁기까지 하다. 정인이라는 말도 애인愛人이나 연인戀人이라는 말보다 더 따뜻하게 느껴진다. 정인이라는 말에서는 살갑다, 애틋하다, 곰살궂다, 여낙낙하다, 사근사근하다, 상냥하다 따위의 따스한 형용사들이 연상된다. 반면에 애인이나 연인이라는 말에서는 아름답다, 예쁘다, 아리땁다, 미끈하다 따위의 서늘한 형용사들이 연상된다. 꼭 어느 것이 더 좋고 더 나쁘고를 떠나서 정인과 애인/연인의 울림이 다른 것은 사실이다. 내 느낌으로는, 정이라는 말이 사랑이라는 말보다 더 한국어답다. 아마 역사적으로도 정이라는 말의 뿌리는 사랑이라는 말의 뿌리보다 훨씬 더 깊이 박혀 있을 것이다. 현대어의 사랑을 한자로 표기할 수 없다는 사실이 그 말을 정이라는 말보다 더 한국적으로 만드는 것은 아니다.

덧정은 덧붙은 정이다. 그것은 정을 주고 있는 대상에 딸린 어떤 것들에까지 확산된 정이다. 각시를 아끼면 처갓집 섬돌도 아낀다는 속담에서 덧정의 상황과 의미가 확인된다. 아내에 대한 정이 처가의 섬돌에까지 확산된 것이다. 위의 속담은 덧정의 가장 전형적인 상황을 요약하고 있다. 그 전형적인 상황이란, 정의 대상이 사람이고 그것의 확산으로서의 덧정의 대상이 사물인 경우다. 정의 대상과 덧정의 대상이 둘 다 사람인 경우도 물론 있겠지만, 그것은 전형적인 상황은 아니다. 왜냐하면 사랑의 추진력은 질투이기 때문이다. 그리고 사람은 사람에게만 질투를 느끼기 때문이다. 내 정인情人의, 나 이외의 정인에게, 내가 정을 줄 수 있을까? 그것은 어려운 일이다. 그것은 에리히 프롬이《소유냐 존재냐》라는 책에서 탐구했던 주제이기도 하고, 집시와 히피와 프리섹스주의자들이 실천하려고 애쓰는 일이기는 하지만, 인류 진화의 지금 단계에서는 대부분의 사람들에게 힘겨운 일이다.

내가 전형적이라고 말한 것과는 또다른 꼴의 덧정의 상황을 생각할 수도 있다. 즉 사물에 대한 정이 그 사물에 속해 있는 사람에 대한 덧정으로 확산되는 경우다. 예컨대 서울이라는 도시가 너무 좋아서 서울에 살고 있는 사람들까지 좋아하게 되는 경우다. 이런 상황도 충분히 있을 수 있다. 그러나 내 경험으로는 이런 상황 역시 전형적인 것은 아니다. 나는 여기서 사물에는 정을 줄 수가 없다고 말하는 것은 아니다. 우리는 남산南山에 살고 있는 사람들을 전혀 모르고도, 남산의 풍치에 정을 줄 수 있다. 그러나 남산의 풍치에 대한 정이 남산에 살고 있는 사람들에 대한 덧정으로 확산되는 것은, 적어도 내 경험으로는,

덧정

좀 부자연스럽다. 확산의 방향이 그것과 거꾸로 되는 것이 내 겐 더 자연스러워 보인다.

3년 전에 처음 유럽에 와본 이래로, 나는 비록 잠깐잠깐이나마 꽤 많은 도시를 들러볼 기회가 있었다. 지금 그 도시들을 떠올리노라면, 어떤 도시들에서는 정겨움이 느껴지고, 어떤 도시들에선 일종의 음산함이 느껴진다. 그런데 그런 내 감정의 출발점이 어딜까 하는 점을 다시 곰곰 생각해보면, 그것은 그 도시들의 건물이나 지하철이나 풍치가 아니었다. 그 감정의 출발점은 그 건물과 지하철과 풍치가 보듬고 있는, 또는 억누르고 있는 사람들이었다. 사람에 대한 곱고 미운 기억이 그 사람들이 살고 있는 도시에 대한 기억으로 확산되었지, 도시에 대한 곱고 미운 기억이 그 도시에 살고 있는 사람들에 대한 기억으로 확산된 경우는 없었다. 관광객에 대한 바가지로 악명 높은 암스테르담과 그라나다에 대해서 내가 정을 느끼고 있는 것은 내가 그 도시에서 스친 사람들이 운 좋게도 정겨웠기 때문이다. 모두들 한눈에 반하는 로마와 빈에 대해 내가 어떤 음산함을 느끼는 것은 내가 그 도시에서 스친 사람들이 운 나쁘게도 음산했기 때문이다. 내 머릿속에 갈무리돼 있는, 내가 알고 있는 도시들의 점수는, 내가 그 도시들에서 스친 사람들에 대해 내가 매긴 점수를 정확히 반영한다. 나의 이런 덧정의 심리학은 어떤 도시들에 대해서는 불공평한 일이 될 수도 있겠지만, 어쩌랴, 그것이 바로 인지상정인 것을.

돌계집

———————

　　아이를 낳지 못하는 여자를 돌계집이라고
한다. 돌치라고도 하고 한자말로는 석녀石女라고 표현한다. 사
실, 돌계집이라는 말 자체가 석녀의 번역일 것이다. 일본에는
아름다운 꽃에는 열매가 맺지 않는다는 속담이 있는데, 용모
가 아름다운 여자라고 해서 아이를 못 낳을 확률이 높다고는
말할 수 없을 것이다. 그것은 미모와 다산多産을 둘 다 긍정적
가치로 생각한 옛사람들이, 한 사람이 모든 복을 다 누릴 수는
없다는 뜻으로 만들어낸 말일 것이다. 그렇지만, 돌계집이 된
다는 것은, 요즘의 세태로 보면, 하나의 축복일 수도 있다.

뚜쟁이

중매쟁이를 속되게 이르는 말이다. 줄여서 뚜라고도 한다. 예컨대 마담 뚜의 뚜가 그 뚜다.

접미사 쟁이 또는 장이는 본디 어떤 분야에 직업적·전문적으로 종사하는 사람을 가리킨다. 가죽을 다루는 일을 업으로 삼는 무두장이, 놋그릇을 만드는 일을 업으로 삼는 놋갓장이, 점치는 일을 업으로 삼는 점쟁이, 사주보는 일을 업으로 삼는 사주쟁이, 벽이나 천장 같은 데 회반죽 따위를 바르는 미장이 같은 말들에서 그 쟁이 또는 장이가 보인다. 이 쟁이는 그 본디의 뜻이 확대돼 어떤 성격이나 행위의 정도가 지나친 사람을 뜻하게도 되었다. 당연히, 이 경우의 쟁이에는 비난의 의미가 함축돼 있다. 심술쟁이, 고집쟁이, 겁쟁이, 가살쟁이, 주정쟁이, 오입쟁이, 난봉쟁이 따위의 쟁이가 그 예다.

남녀 사이에 끼어들어 혼인이 이뤄지게 하는 일을 중매 또는 중신이라고 하고, 그 일을 하는 사람을 중매인·중매쟁이라고 한다. 조선 시대 때 중매쟁이는 대개 여자였으므로 그들을 매파媒婆 또는 중파仲婆라고 불렀다. 좀 고아한 표현으로는 월하노인月下老人, 월노月老, 월하빙인月下氷人, 빙인氷人, 적승자赤繩子 같은 말이 있다.

중매인의 존재 조건은 중매혼이다. 한국에서 중매혼이 일반화된 것은 조선조 때의 일이다. 중매혼은 당사자끼리의 결혼이라기보다는 가족과 가족 사이의 결합이라는 측면이 더 강하다. 즉 당사자보다는 부모의 뜻이 더 크게 반영된 혼인이었다.

본인의 의사와 무관한 혼인의 극단적인 예로서 지복혼指腹婚이라는 것이 있다. 서로 아는 두 집에서 동시에 아이가 들어섰을 때, 아직 태어나지도 않은 배 속의 아이를 놓고 두 집안의 가장家長이 그 아이들의 혼인을 약속하는 것이다. 물론 출산하고 보니 양쪽이 다 계집아이이거나 다 사내아이일 경우에는 없던 일로 되는 것이지만. 지복혼의 풍습은 일제 시기까

뚜쟁이

지도 남아 있었다.

한국에서는 고려 시대까지만 해도 자유혼이 일반적이었다. 당사자끼리 눈이 맞는 것이 가장 중요했다는 말이다. 자유혼 즉 연애 결혼이 일반화된 요즘도 중매혼은 특히 상류계급에 완강히 남아 있다. 마담 뚜를 매개로 한 중매혼은 대체로 계급혼의 성격을 띤다.

맞선

결혼에 몸단 여자와 남자가 당사자끼리 직접 만나 이것저것 재보는 것을 맞선이라고 한다. 동사는 맞선보다의 꼴을 취한다. 맞선은 줄여서 선이라고도 한다. 선은 본디 봉건시대에 남자 쪽의 어머니나 고모 같은 사람이 여자의 집을 방문해 색싯감을 은근히 보고 오는 것을 뜻했다. 맞선을 볼 때도 남자 쪽이 보통 자기의 부모나 가까운 친척을 한두 사람 대동하는 것이 보통이다. 물론 양쪽이 다 그러는 경우도 있다. 맞선을 통한 결혼은 중매혼의 약간 완화된 형태다.

매초롬하다

섹시라는 영어 형용사는 지구 위 어디에서
고 다 이해된다. 그걸 굳이 번역해서 쓰지는 않는다는 말이다.
한국에서도 섹시하다는 표현은 흔하게 사용된다. 나는 매초롬
하다라는 한국말이 영어의 섹시에 해당하지 않을까 잠시 생각
했다. 매초롬하다는 것은, 동아출판사의 새국어사전에 따르
면, 젊고 건강하여 윤기가 돌고 아름다운 태가 있다는 뜻이다.
이 말은 또 가지런하고 곱다는 뜻의 함초롬하다라는 형용사를
연상시킨다. 그렇지만 나는 이내 그 생각을 포기하고 말았다.
섹시한 것은 그저 섹시한 것이지 매초롬한 것이 아니다. 말라
깽이 아가씨도 섹시할 수 있다. 매초롬한 아저씨가 반드시 여

자에게 정열을 불러일으키는 것도 아니다. 게다가, 섹시하다
는 말은 우리나라에서도 단지 사람에 대해서만 쓰이는 말은 아
니다. 그것은 풍경에 대해서도, 문장에 대해서도, 어떤 상황에
대해서도 두루 쓰인다. 섹시하다는 것은, 차라리, 그저 매혹적
이라는 말에 가깝다.

매초롬하다

몸 1

———————

몸이 있는 탓에 이렇게 너와 떨어져 있어야 하지만, 몸이 없다면 어떻게 너를 만져볼 수라도 있을까?

몸 2

―――――――

　　　몸을 버리다, 몸을 더럽히다, 몸을 바치다,
몸을 빼앗기다, 몸을 팔다 같은 표현에서 그 몸은 신체·육체라
는 뜻과 정조貞操라는 뜻을 함께 지니고 있다. 이런 표현들의
봉건성에 구역질이 난다.

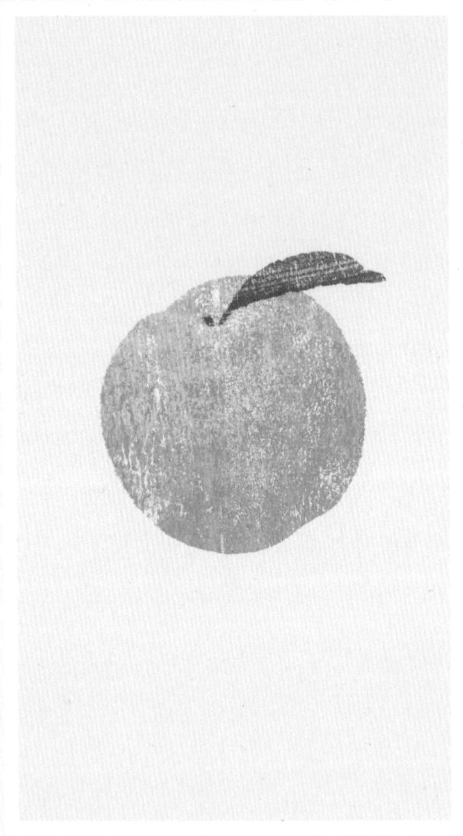

무르녹다

───────────

       과일 따위가 익을 대로 익어 흐무러지다; 어떤 일이 한창 고비에 이르다; 그늘이 매우 짙어지다.

       그러니까, 무르녹다라는 동사는 무르녹은 복숭아, 기회가 무르녹았다, 나무 그늘이 제법 무르녹았다처럼 온갖 사물을 주체로 삼을 수 있지만, 내 생각엔, 정념이나 사랑을 주체로 삼았을 때, 또는 그것들의 필수적인 매개물인 몸을 주체로 삼았을 때 그 실감이 가장 또렷하다. 무르녹다라는 동사는, 언제나, 내게, 농염하다라는 형용사를 연상시킨다.

바람

바람은 대기의 흐름이다. 그런 자연현상으로서의 바람을 주어로 삼는 동사는 대체로 불다이거나 일다이다. 바람은 그것이 불어오는 방향에 따라서 샛바람·하늬바람·마파람·된바람 따위로 나뉘고, 부는 철에 따라 봄바람·꽃샘바람·가을바람·겨울바람 따위로 불린다. 또 부는 꼴이나 세기에 따라서 건들바람·돌개바람·산들바람·서늘바람·실바람·왜바람·회오리바람·소소리바람·황소바람·고추바람 따위의 이름을 얻기도 한다. 뭍에서 바다로 부는 바람은 뭍바람이고 바다에서 뭍으로 부는 바람은 바닷바람이며, 산꼭대기에서 골짜기로 부는 바람은 산바람이고, 골짜기에서 산꼭대기로 부는 바람은 골바람이다. 비와 함께 부는 바람은 비바람이고 눈과 함께 부는 바람은 눈바람이다. 새벽에 부는 바람은 새벽바람이고 밤에 부는 바람은 밤바람이다.

이 모든 바람은 흐름, 즉 움직임이다. 그러니, 바람은 농경민족의 자연이 아니라 유목민족의 자연이다. 바람에 대한 바람은, 즉 바람에 대한 원망願望은, 정착민의 철학이 아니라 여행자의 철학이다. 집시라고도 하고, 트래블러라고도 하고, 치간이라고도 하고, 로마니라고도 하는 그 여행자들 말이다. 그들은 움직이는 자들이므로.

때때로 그 바람은 마음의 움직임, 마음의 들뜸을 나타내기도 한다. 말하자면 매혹된 영혼의 상태를 나타낸다. 그때의 대상은 이성異性일 수도 있고, 이름일 수도 있고, 돈일 수도 있고, 힘일 수도 있다. 이 경우의 바람을 주어로 삼는 동사는 대체로 나다나 들다이고 그것을 목적어로 삼는 동사는 대체로 피우다이거나 넣다이다.

바람이 쉽게 드는 성질을 바람기라고 말한다. 그러니까 바람기 있는 사람이란 마음이 가벼운 사람이다. 그를 바람둥이라고 부른다. 바람둥이의 둥이는 주로 명사 뒤에 붙어서 그

명사적 특성을 지닌 사람을 뜻하는 접미사다. 둥이라는 이형태異形態를 취하기도 하는 그 둥이에 꼭 어떤 비난의 뜻이 함축돼 있는 것은 아니다. 차라리 그 뉘앙스는 대체로 사랑스러움이다. 해방둥이, 막내둥이, 꼬마둥이, 초립둥이, 팔삭둥이, 칠삭둥이, 귀염둥이 같은 말에서 그 둥이가 보인다. 쉰둥이는 나이가 쉰줄에 들어선 부모에게서 태어난 아이를 뜻하고, 후둥이는 쌍둥이 가운데 나중에 태어난 아이를 뜻한다. 후둥이에 대응하는 말은 선둥이다.

동사 바람나다의 동의어로 바람끼다라는 말도 있다. 그 반의어는 바람자다이다. 그러니까 바람자다는 들떴던 마음이 가라앉다의 뜻이다. 바람부는 대로 산다고 말할 때 그 바람은 자연현상으로서의 바람이기도 하고, 들뜬 마음을 이르는 바람이기도 하다. 그러니까 그 둘은 그리 명확하게 구별되는 것은 아니다. 가을바람은 총각바람이고 봄바람은 처녀바람이라는 속담은 그 두 종류의 바람의 넘나듦을 보여준다. 그것은 정신계와 물질계의 상호 침투라고 할 만하다.

앞의 그 속담은 남자는 가을에 춘정(추정秋情이 아니라 춘정春情이다! 그러나 추파는 봄에 던져도 추파秋波다!)을 느끼고 여자는 봄에 춘정을 느낀다는 얘기겠는데, 그것에 생물학적 근거가 있는지 어떤지는 모르겠다. 어쨌든 한국인들은 예전부터 그렇게 믿어왔다. 예로 들기가 좀 민망하기는 하나, 봄 섶은 쇠젓가락도 녹이고 가을 좆은 무쇠판도 뚫는다는 속담은 한국인의 그런 믿음을 아주 해학적인 과장에다 담아내고 있다.

사실 모든 사랑은 바람이다. 사랑이라는 것이 마음의 움직임인 한. 그것은 또 모든 사랑은 일종의 변덕이라는 것을 뜻하기도 한다. 바람이란 늘상 방향과 세기가 바뀌게 마련이니 말이다. 귀밑머리 마주 풀고 청실홍실 늘이고 암탉수탉 마주 놓고 백년가약을 맺었다고 하더라도 그 사랑의 언약이 백 년까지 가는 경우는 좀체로 없다. 나는 그런 경우가 결코 없다고는 말하지 않았다. 그저 좀체로 없다고만 말했을 뿐이다.

백년가약이라는, 즉 혼례라는 명시적 계약 절차야말로 사랑이라는 바람이 일백 년 동안 한 방향으로, 여전한 세기로 불수 있을 것이라는 소박한 믿음에 대한 반증이다. 결혼은, 더 나아가서 가족제도는, 그 바람의 방향과 크기를 되도록 고정시켜서 그 희귀한 경우의 수를 늘려보려는 고육지책의 하나다. 일백 년간의 사랑이라는 희귀한 경우의 수를 늘려보려는 노력들에는 이 밖에도 갖가지 종교적 교리들과 낭만적 사랑의 이데 올로기 같은 것이 포함된다. 그러나 이 노력들은 앞으로 점점 더 보답없는 노력이 될 것 같다. 미국과 북유럽을 대본영으로 삼고 있는 여성해방 투사들의 헌신 덕분에 해방된 여성들이 점차 늘어나고 있다는 점도 그런 노력들의 열매가 보잘것없을 것이라는 걸 내다보게 한다. 이것은 내가 남자여서 하는 말은 아니다. 그리고 여성이 땅 위에 최후까지 남아 있는 노예이며 여성이 해방되지 않는 한 남성도 해방되지 않는다는 말에 내가 귀 기울일 채비를 하지 않는 것도 아니다. 다만, 프리섹스를 전술적 슬로건으로 내걸고 또 실천하고 있는 어떤 여성해방운동들이 낭만적 사랑이라는 이데올로기를 빠른 속도로 깨뜨려가고 있다는 사실을 지적하고 있을 따름이다. 나는 그것이 기쁘지도 슬프지도 않다.

사랑이 바람이라는 것은 또 모든 사랑이, 감정으로서의 사랑만이 아니라 연애 행위로서의 사랑이, 삶의 다른 모든 사건들이 그렇듯, 운명의 틀을 벗어날 수 없다는 것을 쓸쓸하게 환기시킨다. 의존명사로서의 바람, 예컨대 그때 불쑥 남편이 들어오는 바람에 그 사내와 더이상 밀어를 나눌 수가 없었다고

94

바람

할 때의 바람이 사랑의 그 숙명성을 상징한다.

사랑할 시간이 많지 않다고 말할 때의 사랑은, 그러므로, 내 생각에는, 사랑들일 것이다. 사랑할 시간이 많지 않다는 조바심은, 자주, 일본 사람들이 로맨스그레이라고 부르는 늦바람을 나이든 사람들에게 불어넣는다. 나이가 든다고 해서 꼭 그것에 비례해 몸의 욕망이 줄어드는 것은 아니다. 오히려 나이에 비례해 육체적 욕망이 커지는 수도 있다. 늦바람난 여편네 속곳 마를 여가 없다거나 늦바람이 용마를 벗긴다는 말은 그런 경우를 빗댄 재담이다.

반하다

———————

　매혹되다. 반한 상태가 아주 심각한 경우
엔 홀리다라는 동사를 사용한다. 홀리다는 호리다의 피동형이
다. 호린다는 것은 누군가를 꼼짝 못하게 매혹시킨다는 뜻이
다. 당신이 누군가를 사랑한다는 것은 당신이 그녀에게 또는
그에게 반해 있다는 뜻이다. 그가 또는 그녀가 당신을 호렸다
는 뜻이다.

발가벗다

몸을 지닌 것들의 특권.

보쌈

보자기로 싼다는 뜻이다. 보자기로 무얼 싸느냐 하면 사람을 싼다. 보쌈이란 봉건시대에 양반집 딸이 과부가 될 사주팔자를 타고난 경우에, 팔자 땜을 하기 위해 남자를 보자기에 싸서 붙잡아다가 딸과 재운 다음에 죽이던 풍습을 뜻한다. 악습 중의 악습이라고 할 만하다.

보자기에 싸는 것이 꼭 죄없는 남자이기만 하다면, 보쌈이라는 말이 지닌 울림은 한없이 음습하기만 할 것이다. 그렇지만 보자기에다가 과부를 싸기도 한다. 과부보쌈은 일종의 약탈혼이기는 하지만, 재가가 금지돼 일생을 독수공방해야 할 운명에 처한 그 시대의 과부들에게 반쯤 열려진 재생의 문이었다. 그것은 희망의 쌈이었고, 사랑의 쌈이었다. 홀아비나 노총 각이 과부 본인과 그 부모의 응낙을 얻은 뒤에, 당사자를 보쌈 해와서 함께 사는 것이다. 과부로서는 자신이 능동적으로 절 개를 깬 것은 아니므로 자기 합리화의 구실이 됐고, 홀아비나 노총각에게는 자기보다 지체 높은 여자를 아내로 맞을 기회가 됐다.

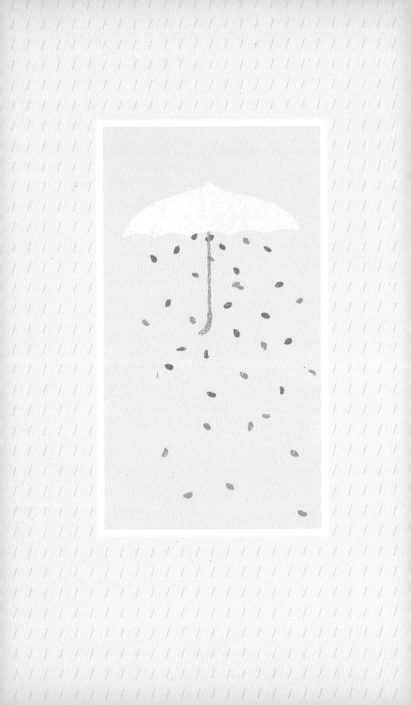

봄빛

_____

봄의 기운; 봄의 경치; 춘색春色. 봄은 유혹이다. 봄바람도 그렇고, 봄비도 그렇고, 봄꿈도 그렇고 봄미나리도 그렇고 봄김치도 그렇다. 봄에 생기는 유혹이 춘심春心이고 춘정春情이고 춘기春機고 춘의春意고 춘사春思다. 남원의 춘향도 강원도의 춘천도 유혹이다. 춘천의 춘향은 봄내의 봄내다. 봄시내에 멱을 감는 봄내음.

붙어먹다

———

       남자와 여자가 육체적 관계를 맺다. 놀아나다라는 말과 함께 연애의 본질을 명쾌하게 꿰뚫고 있다. 연애는 유희이고 접촉이다. 〈만전춘 별사〉의 두 행: 남산南山애 자리보와 옥산玉山을 벼여 누어 금수산錦繡山 니블 안해 사향麝香각시를 아나 누어/약藥든 가슴을 맛초읍사이다 맛초읍사이다.

비바리

―――――――――

처녀를 뜻하는 제주도 방언. 비바리한테선
바다 내음이 난다. 비바리의 입술엔 소금기가 배어 있다. 비바
리의 걸음걸이는 비바체다. 그녀는 비발디의 여자다. 사계四季
의 여자.

사랑

　　사랑의 중세어 형태는 스랑이다. 애愛의 새
김을 스랑으로 박아놓고 있는 16세기 말의《석봉 천자문》을 비
롯해 조선조의 여러 번역 문헌들은 애를 스랑으로 옮겨놓고 있
다. 또 그보다 앞서 나온《훈몽자회》는 총寵을 스랑홀 통으로 읽
고 있기도 하다. 그러니 스랑이라는 말의 가장 깊은 뿌리가 중
국어에 박혀 있든 몽고어에 박혀 있든, 이 말이 유럽어 러브love
나 아무르amour나 리베Liebe나 아모레amore에 대응하는 알짜
배기 한국말인 것은 분명하다. 한편, 조선조의 많은 문헌들은,
앞의 문헌들보다 시기적으로 좀더 앞선 문헌들까지를 포함해
서, 스랑이라는 말을 사思의 옮김말로 쓰고 있기도 하다. 그러

니 사랑이라는 말은 당초 생각이라는 뜻이었다. 동사 사랑ㅎ다는, 그러니, 생각하다이자 사랑하다이다. 여자와 남자 사이에 서로 잊지 못해 나는 병을 상사병相思病이라고 부르기도 하는 만큼, 생각한다라는 뜻을 지닌 낱말이 사랑한다는 뜻을 아울러 지니게 된 것은 자연스러운 일이다. 김미자가 박철수를 사랑한다는 것은 그녀가 그를 생각한다는 뜻이다.

사랑ㅎ다의 동의어로서 사랑ㅎ다와의 치열한 싸움 끝에 결국 시들어버린 말로 괴다가 있다. 경쟁어 사랑ㅎ다처럼 애나 총의 옮김말로 쓰였던 괴다는 이제 사전 속에서나 발견할 수 있는 박물관 언어가 돼버렸다. 남의 사랑을 받을 만한 성질이라는 뜻의 굄성은 그 동사 괴다의 명사형에 접미사 성性이 붙은 것이다.

그 괴다와 굄을 물리치고 살아남은 현대어 사랑하다와 사랑은, 그것에 대응하는 유럽 언어의 낱말들이 그렇듯, 극히 이타적이고 정신적인 아가페적 사랑에서 출발해 좀더 인간적이고 육체적인, 그래서 잠자리의 공유를 전제로 하는 색정色情에까지 이르는 널따란 의미의 컴퍼스를 지니고 있다. 그리고 그것의 유럽적 대응어들과 마찬가지로 너무나도 많은 대중가요

들에 의해 그 본디의 의미가 빛바래져버렸다. 하나뿐인 지구를 사랑합시다에서부터 오늘밤엔 사랑해주세요에 이르기까지 사랑과 사랑하다의 쓰임새는 실로 다양하다.

사랑에 대한 가장 고전적이며 가장 이상적인, 그러므로 가장 비현실적인 정의는 아마 신약성서의 〈고린도 전서〉 제13장에서 내려졌을 것이다. 바울이 고린도 사람들에게 보낸 그 유명한 편지에 따르면 사랑은 오래 참는 것이고, 친절한 것이고, 시기하지 않는 것이고, 자랑하지 않는 것이고, 교만하지 않은 것이고, 무례하지 않은 것이고, 사욕을 품지 않는 것이고, 성내지 않는 것이고 앙심을 품지 않는 것이다. 사랑은 모든 것을 덮어주고 모든 것을 믿고 모든 것을 바라고 모든 것을 견디어내는 것이다. 그런데 거의 불가능해 보이는 이런 사랑을 지니고 있지 않으면, 그가 인간의 여러 언어를 말하고 천사의 말까지 한다 하더라도, 하느님의 말씀을 받아적을 수 있다고 하더라도, 온갖 신비를 훤히 꿰뚫어보고 모든 지식을 가졌다고 하더라도, 산을 옮길 만한 완전한 믿음을 가졌다고 하더라도, 아무 소용이 없다, 고 성경의 기자는 적고 있다.

우리에게 좀더 현실감 있게 다가오는 사랑은 《춘향전》에

묘사된 한자투성이의 사랑일 것이다. 그 사랑은 유유낙일悠悠落日 월렴산月簾山에 도리화개桃李花開 비친 사랑이고, 월하月下의 삼생연분三生緣分 너와 나와 만난 사랑이며, 연평바다 그물같이 얽히고 맺힌 사랑이고, 청루미녀青樓美女 침금같이 혼솔마다 감친 사랑이며, 육관대사六觀大師 성진性眞이가 팔선녀八仙女와 노는 사랑이고, 역발산力拔山 초패왕이 우미인을 만난 사랑이다.

여자가 남자에게, 또는 남자가 여자에게 사랑을 고백하는 것은 한국인들에겐 아직도 너무 버거운 의식儀式이다. 유럽인들이라면 두 단어나 세 단어로 표현해야 할 그 사랑의 고백을 한국인이라면 주어와 목적어를 생략하고 그저 사랑해, 라고 한 마디 하면 되지만, 그 한 마디는 유럽어의 백 마디보다도 입 밖에 내기가 더 힘들다. 마음속에 갈무리돼 있을 때는 그리도 순결하고 심지어 숭고한 느낌을 주는 그 사랑이라는 한국어는 입 밖으로 나오는 순간 뱀처럼 징그러운 그 무엇이 되어버린다. 그래서, 꼭 사랑을 고백하고는 싶은데 사랑이라는 말을 입 밖에 내거나 종이 위에 쓸 용기가 없는 젊은이들은, 그 감정을 자기들이 알고 있는 외국어로—대개 유럽어가 되겠지만—표현하기도 한다. 대체로 외국어에는, 모국어가 주는 만큼의 구체성·육체성·직접성이 없으므로. 그것은 느끼는 언어가 아니라 이해하는 언어이므로. 자기가 내뱉거나 휘갈긴 말에 대한 자신의 관련성이 엷어지는 듯한 느낌을 주는, 그러니까 자기 발언에 대한 책임을 덜어주는 듯한 느낌을 주는 언어이므로. 그래서 박철수가 김미자에게 은근히 속삭인다. 아일러뷰I love you라고. 또는 아이니쥬I need you라고. 그렇다. 때로 사랑의 고백은 난 네가 필요해라는 응석의 형태를 띤다. 알리앙스 프랑세즈 물을 먹은 그녀가 그에게 화답한다. 무아 오시(Moi aussi, 나도 그래)라고. 그리고 한술 더 떠 그에게 아예 엎어진다. 주타파르티앵Je t'appartiens이라고. 그렇다. 때로 사랑의 고백은 난 네 거야라는 굴종의 형태를 띠기도 한다.

첫사랑이라는 말은 사랑이라는 말보다는 덜 낡았다. 그 말은 아직도 나를 들뜨게 한다. 첫정이나 첫눈이나 첫서리나 첫겨울이나 첫얼음이나 첫닭이나 첫무대나 첫새벽이라는 말이 그렇듯. 처음이란 늘상 좋은 것이다. 그러면 초련初戀이라는 말은? 그 말은, 내게, 식초에 계란을 풀어넣은 초란을 연상시킨다. 말하자면 별로 좋은 울림을 주지 않는다. 반면에 초야初夜

라는 말은, 내게는, 첫날밤이라는 말보다 더 싱싱해 보인다.

풋사랑이라는 말도 나를 들뜨게 한다. 풋나물이나 풋나무나 풋사과나 풋잠이나 풋술이나 풋담배나 풋가지나 풋감이나 풋게나 풋곡식이나 풋밤이나 풋배 같은 말이 그렇듯. 풋풋한 것은 늘상 좋은 것이다. 풋내기의 풋솜씨까지도. 내게는 풋볼이란 외래어까지도 풋풋하게 느껴진다.

짝사랑이라는 말은 내 누선淚腺을 건드린다. 그것은 제짝을 찾지 못한 사랑이다. 그것은 짝짝이의 사랑이다. 짝눈과 짝귀와 짝버선과 짝신이 그렇듯. 그러나 그것은 대체로 참사랑이다. 자식에 대한 부모의 내리사랑이 그렇듯. 아니나다를까, 그 내리사랑은 또 대체로 짝사랑이기도 하다. 내리사랑은 있어도 치사랑은 없다는 속담은 사랑의 그 편도片道를 가리킨다. 치사랑이 없지는 않을 것이다. 그러나 그것이 그리 흔치도 않을 것이다.

살

───────

     정열의 시발역이고 종착역. 사랑의 말들은 살의 말들이다. 여자와 남자가 함께 지낸다는 것은 살을 섞는다는 것이다. 살을 섞다를 한살되다라고도 표현한다. 인간의 후각이 복인 것은 살내 때문이다. 인간의 미각이 복인 것은 살맛 때문이다. 인간의 시각이 복인 것은 살빛 때문이다. 인간의 촉각이 복인 것은 살집 때문이다.

살갑다

_____

내 정인情人의 마음자리.

살친구

———————

　　남색의 상대가 되는 친구. 즉 게이들이 자기 파트너를 이르는 말이다. 살친구라는 말 자체는 중립적인데도 그걸 여성 동성애자들에 대해 쓰지 않는 것은 기억할 만하다. 남색의 주체는 남성이다. 그러면 여색의 주체는? 그것도 남성이다. 언어 현실의 이런 불균형도 기억할 만하다.

　　남색을 뜻하는 산뜻한 우리말은 없다. 동성애에 대한 오래된 사회적 편견은 동성애를 뜻하는 말들에다가 죄다 칙칙한 무늬를 새겨놓았다. 남색이라는 말의 울림도 더할 수 없이 칙칙하지만, 그것의 토박이말인 비역도 마찬가지다: "그것은 더할 데 없이 천한 행위다, 그것이야말로 황음荒淫이다!"

비역은 줄여서 벽이라고도 하고, 경멸의 뜻을 담은 접미
사 질을 붙여서 비역질이라고도 한다. 비역질의 질은 남자의
자위행위를 속되게 이르는 용두질의 그 질이고, 남자와의 잠
자리에서 여성이 보이는 어떤 태도와 행동을 뜻하는 감탕질,
요분질의 그 질이다. 아니, 깊이 생각해보면 그렇다고 할 수는
없겠다. 비역질의 질은 차라리 동냥질, 투정질, 오입질, 욕질의
질이다. 감탕이나 요분이나 용두가 비역과는 달리 독립된 단
어가 아닌 데 비해, 동냥이나 투정이나 오입이나 욕은, 비역처
럼, 독립된 단어이기 때문이다. 그러니까 비역과 비역질 사이
의 관계는 감탕과 감탕질 사이의 관계가 아니라 투정과 투정질
사이의 관계다.

비역을 한자말로는 면수面首라고도 하고 계간鷄姦이라고
도 한다. 면수面首는 본디 여자처럼 곱게 생긴 사내를 뜻하는
말이다. 그것이 남자끼리의 성행위를 뜻하게 된 것은 일면 그
럴듯하다. 계간鷄姦은 닭과의 성행위가 아니다. 수간獸姦이 짐
승과의 성행위인 것과는 달리. 그러니까 계간鷄姦은 수간獸姦
의 일종이 아니다. 그것은 남색의 다른 말일 뿐이다.

비역의 대응어, 그러니까 여성끼리의 성행위는 밴대질이

살찐구

라고 한다. 그 말에서 밴대질치다라는 동사가 파생됐다. 그러니까 밴대질친다는 것은 여성이 다른 여성과 성행위를 한다는 뜻이다.

비역질이 비역에 질이 붙은 말인 것처럼 밴대질도 밴대에 질이 붙은 말이지만, 비역질이 비역과 같은 뜻인 데 비해 밴대질은 밴대와 같은 뜻이 아니다. 밴대란 거웃이 나지 않은 어른 여자의 음부를 뜻한다. 또 그렇게 거웃이 없는 여자를 되리라고 한다. 밴대라는 말의 뜻에서 밴대질이라는 말의 뜻으로 건너가기 위해서는 꽤 가벼운 상상력이 필요하다. 밴대는 밴대질의 수단이다, 라고 한국인들은 생각했던 것 같다. 총이 총질의 수단이고 통장이 통장질의 수단이며 서방이 서방질의 수단이고 인두가 인두질의 수단이며 절구가 절구질의 수단이고 담배가 담배질의 수단이며 방망이가 방망이질의 수단이듯. 그러니까, 밴대와 밴대질 사이의 관계는 비역과 비역질 사이의 관계가 아니라 총과 총질 사이의 관계다. 선생질의 질은 또 다르다. 그러나 이제 질의 언어학은 여기서 그만 멈추기로 하자. 다만 한 가지, 한국어에서 접미사 질의 파생 양태는 겉보기보다 상당히 복잡하다는 점만 지적해두기로 하자. 그것이 비역질이나 투정질이라는 말에서처럼 반드시 경멸의 뜻을 담고 있는 것만은 아니라는 사실도 아울러 지적해두기로 하자(뜨개질, 감침질, 시침질, 다림질 따위의 말들을 생각해보라).

동성애의 역사는, 이성애의 역사만큼은 아닐지라도, 오래고 오랜 것이다. 동성애자들은 흔히 자기들의 기록된 역사를 고대 그리스의 소크라테스와 사포에게까지 끌어올린다. 소크라테스가 아테네의 미소년들에 대한 지혜로운 연인이었다는 것은 확실해 보인다. 그렇지만, 그가 실제로 그들의 육체적인 연인이었는지는 확실하지 않다. 플라토닉러브라는 말이 뜻하듯, 아마도 그것은 다분히 정신적인 사랑이었을 것이다. 내가 따르는 어느 시인이 내게 가르쳐주기를, 고대 아테네에서 남성끼리의 동성애란 전혀 이상스러운 일이 아니었다: "노예와 여자가 사람 축에 들지 않았던 그 시대에 자유민 남자가 자신의 고결한 사랑을 쏟아부을 대상이 도대체 어떤 사람들이란 말인가?" 그에 비해 사포의 여성 동성애는 다분히 육체적인 것이었던 것 같다. 하지만 누구도 그걸 자신 있게 애기할 수는 없다. 사포의 애기 속에는 역사와 전설이 마구 범벅돼 있으니까. 어쨌든 사포라는 이름과 그녀의 고향 레스보스 섬은 여성 동성애

119
살천구

를 뜻하는 유럽어 단어들의 기원이 되었다.

　미국 바서대학의 영문학 교수 폴 러셀은《게이 백선: 가장 영향력이 컸던 게이들과 레즈비언들의 랭킹, 과거와 현재》라는 책에서 동성애의 역사에서 중요한 구실을 했던 1백 명의 순위를 매겨놓고 있다. 소크라테스와 사포에서 시작하는 이 리스트에는 성 아우구스티누스, 레오나르도 다빈치, 미켈란젤로, 아르튀르 랭보, 폴 베를렌, 오스카 와일드, 플로렌스 나이팅게일, 마거릿 미드, 엘리너 루스벨트, 루스 베네딕트, 앙드레 지드, 미셸 푸코 등 동성애의 역사에서만이 아니라 인류 문화사에서 자기 자리를 당당히 주장할 수 있는 빼어난 정신들이 포함돼 있다. 1969년 6월 28일 미국 뉴욕의 게이 바스톤월에서 단속 경찰에 맞서 역사상 최초의 게이 폭동이 일어났을 때, 그리고 그로부터 한 달도 되지 않아 게이해방전선이 결성돼 힘을 통한 게이해방투쟁을 선언했을 때, 이제 게이와 레즈비언은, 적어도 미국의 일부 주에서는, 어떤 정치가도 무시할 수 없는 하나의 정치 세력으로 자라나기 시작했다.

살친구

살품

옷과 가슴 사이에 난 틈. 텅 빔. 관능의 늪.
관음觀淫의 표적. 관음觀音의 적敵.

삼삼하다

———————

잊혀지지 않아 눈에 어리다. 암암하다. 그
녀의 살품처럼.

샛서방

　　　　샛서방의 샛은 샛노랗다의 샛이 아니다.
샛서방의 샛은 새에 사이시옷이 첨가된 것이다. 해놓고 보니
하나마나한 말이 돼버렸다. 왜 그런가 하면, 샛노랗다의 접두
사 샛 역시 결국은 새에 일종의 사이시옷이 덧붙은 것이니 말
이다. 알다시피 빛깔 이름 앞에 붙는 접두사 새 또는 샛은 그 빛
깔이 짙고 산뜻하다는 것을 뜻한다. 샛노랗다, 새파랗다, 새빨
갛다, 새까맣다, 새하얗다 따위의 말에서 보듯. 모두 알다시피
한국어에는 음성상징이 있어서 같은 뜻을 지닌 말들이 큰말·
작은말로, 또는 어두운 말·밝은 말로 나뉘는 수가 있다. 접두
사 새/샛의 큰말은, 모두 알다시피, 시/싯이다. 물론 시/싯이

덧붙은 색깔 이름들도 큰말의 꼴을 취한다. 싯누렇다, 시뻘겋다, 시꺼멓다, 시허옇다 따위의 말에서 보듯.

얘기가 샛길로 빠졌다. 샛서방의 샛, 더 정확히는 새는, 샛길의 샛, 더 정확히는 새처럼, 사이의 준말이다. 모두 알다시피 사이는 거리나 간격, 사물과 사물의 중간을 뜻한다. 또 관중과 포숙은 사이가 좋다에서처럼 사귀는 정분을 의미하기도 한다.

샛서방은 남편 있는 여자가 남모르게 정을 통하는 외간남자다. 말 그대로의 뜻으로는 본서방과 자기 '사이'에 몰래 들어온 남자다. 샛문이 정문 외에 따로 만든 작은 문이듯, 샛서방은 본서방 외에 따로 두고 있는 제2의(또는 제3의?) 서방이다.

샛서방을 한자말로는 간부間夫라고 한다. 한국어 사이가 한자 간間에 해당하므로 간부라는 말은 아주 자연스럽다. 또 밀부密夫, 정부情夫, 사부私夫라고도 한다. 밀密이든 정情이든 사私든 이 한자들에는 간섭을 꺼려하는 배타성이 배어 있다. 간통을 밀통이라고도 하므로 밀부라는 말도 그럴듯하다. 밀부密夫·정부情夫가 그 짝인 밀부密婦·정부情婦와 발음이 같은 것도 재미있다.

샛서방을 군서방이라고도 한다. 군서방의 군은 군일, 군음식, 군말, 군소리, 군글자, 군것질의 그 군이다. 군일이란 쓸데없는 일을 뜻하고, 군음식은 끼니때 외에 먹는 음식, 즉 간식을 뜻한다. 군말과 군소리는 하지 않아도 좋을 말이며, 군글자는 필요 이상으로 더 있는 글자다. 주전부리라고도 하는 군것질은 꼭 필요하지 않은 음식을 사서 먹는 일이다. 군것질은 짓을 뜻하는 접미사 질을 군것에다가 덧붙인 것인데, 군것이란 쓸데없는 것을 말한다. 그러니까 접두사 군은 필요없는, 쓸데없는, 가외의 그런 뜻이다. 그렇지만 쓸데없다는 것은 남 보기에 그렇다는 것이지 군말이든, 군것질이든, 하는 사람의 입장에서는, 군서방과 마찬가지로, 결코 쓸데없는 짓이 아니다.

샛서방과 정을 통하는 것을 서방질한다고 말한다. 그러니까 동사 서방질하다는 여성이 주어가 됐을 때 간통하다, 간음하다의 동의어가 된다. 남성이 주어가 됐을 때는 계집질한다고 표현한다. 여성의 서방질을 그녀의 남편을 주어로 삼아 표현할 때는 오쟁이지다라는 동사를 사용한다. 아가멤논이 오쟁이졌다는 것은 그의 아내 클뤼타임네스트라가 본서방 아가멤논 몰래 샛서방 아이기스토스와 정을 통했다는 뜻이다. 이때 아가멤논과 아이기스토스 사이의 관계를 속되게는 외구멍동서라는 말로 표현한다.

서방질의 동의어로는 화냥질, 난질 따위의 말이 있다. 그리고 화냥질을 하는 여자를 화냥년이라고 말한다. 멸시나 하대를 뜻하는 의존명사 년을 붙이지 않고 그저 화냥이라고 하는 법은 좀체로 없다. 그 화냥년이 종의 신분일 때는 통지기 또는 통지기년이라고 부른다. 여자가 난질하러 집을 나서는 것은 난질간다고 표현한다.

되풀이하자면 화냥질, 난질은 서방질처럼 여자를 주체로 삼은 간통이다. 남자가 주체가 됐을 때의 간통은, 이미 말했듯, 계집질이라고 표현하는데, 계집질의 동의어로 오입질이라는 말이 있다. 오입질은 비하의 뜻을 지닌 접미사 질을 떼어내고 그저 오입이라고 하기도 하고, 좀 점잖게는, 그러니까 위선적으로는, 외입外入이라고 말하기도 한다. 그렇지만 잘못 들어갔다는 뜻의 오입이나, 바깥으로 들어갔다는(바깥으로 나가지 않고!) 외입이나 무슨 차이가 있을까? 아까참에 군서방과 관련해서 등장했던 군것질이라는 말이 때때로 오입질의 변말로 쓰이는 것도 재미있다(간통姦通은 간통間通이고 간식間食이다?). 오입질을 즐기는 남자를 오입쟁이라고 하고 오입쟁이들이 노는 동네를 오입판이라고 한다. 오입쟁이는 한자말로 야랑冶郎, 또는 유야랑遊冶郎이라고도 한다. 오입쟁이를 아주 속되게는 홀레개라고도 이른다. 홀레란 동물의 암놈과 수놈이 하는 교접을 뜻하므로, 여기서 홀레개란, 교미하고 싶어서 안달이 난 개처럼 여자들을 쫓아다니는 음란한 남자라는 뜻이다. 홀레 하는 것을 홀레붙는다고도 한다. 홀레붙다의 사동형은 홀레붙이다이다. 그러니까, 홀레에서 파생된 동사 홀레붙이다는 홀레를 하게 하다, 즉 동물의 암놈과 수놈이 교접하게 하다의 뜻이다.

오입질과 비슷한 말로 난봉이라는 말이 있지만, 난봉은 오입질보다는 외연이 넓은 말이다. 그것은 오입질을 포함한 온갖 허랑방탕한 짓을 다 아우른다. 난봉에서 파생한 동사 난봉부리다는, 그러므로, 항산恒産이 없이 주색잡기, 사기, 절도 따위를 일삼는다는 뜻이다. 그런 생활로 빠져드는 것을 난봉난다고 한다. 그리고 난봉을 일삼는 사람을 난봉쟁이 또는 난봉꾼이라고 말한다. 팔난봉은 프로급의 난봉쟁이를 뜻한다.

나는 서방질, 화냥질, 난질에 대응하는 말이 계집질, 오입질이라고 말했다. 그리고 그 말들이 간통·간음의 동의어라고

샛서방

말했다. 그렇지만 앞쪽의 말들과 뒤쪽의 말들이 꼭 대칭을 이루는 것은 아니다. 아마도 그것은 언어학적 탐구의 대상이 아니라 사회학적 탐구의 대상이 돼야 할는지도 모른다. 무슨 말이냐 하면, 다른 사회에서와 마찬가지로 한국 사회에서도 매매춘이라는 관행은 아주 오래되고 일반적인 것이어서, 게다가 남성이 지배하는 사회의 그 매매춘이라는 거래에서 대체로 파는 쪽이 여성이라는 사정 때문에, 남성이 '수혜자'가 되는 그 매매춘을 간음이라고 보는 관념은 예전에도 희박했고 지금도 희박하다는 뜻이다. 말하자면 색줏집의 여성 종업원과 하룻밤을 같이 보낸 남자를 두고 그가 간통했다거나 간음했다고는 하지 않는다는 뜻이다. 물론 법적으로 그렇다는 것이 아니라 언어 감각적으로 그렇다는 말이다. 요컨대 매매춘은 통념상 간통이나 간음의 영역에서 배제된다. 그러니 오입질은 간통이 아닌 것이다.

더 나아가, 때때로 오입질은 남성다움의 상징으로까지 은근히, 또는 노골적으로 예찬되기도 한다. 예컨대, 오입은 종년, 백정년, 암중을 해야 온오입쟁이다라거나, 오입쟁이는 인물을 가리지 않고 주객은 청탁을 가리지 않는다라는 속담들에서는 프로 오입쟁이에 대한 은근한 선망이나 노골적인 찬사가 읽힌다. 사회의 하층계급을 포함해서—암중이란 여승 곧 비구니를 속된 표현에 담은 것이다. 동물에다나 붙이는 여성 접두사 암을 중이라는 말 앞에 붙인 데서 승려 계층에 대한 노골적인 경멸이 읽힌다—사람을 가림 없이 오입을 해야 진짜 오입쟁이라는 것이다.

반면에 서방질, 화냥질, 난질은 여지없는 간통이다. 그 서방질, 화냥질, 난질이 일반적으로 돈을 매개로 하는 것이 아니기 때문이다. 그것은 요컨대 매매춘이 아니다. 그러므로 그것은 법적으로만이 아니라 언어 감각적으로도 간음이고 간통이다. 서방질·화냥질·난질과 오입질·계집질이 대칭을 이루지 않는다고 내가 말한 것은 그런 뜻에서다. 여성의 성적 자유분방함에 대한 불공평한 비판은, 한 번 해도 화냥년이요 두 번 해도 화냥년이다라는 속담에서도 감지된다. 하룻밤을 자도 헌각시다라거나 아랫방에서 윗방으로 던져도 헌색시 된다라는 속담도 마찬가지다. 같은 정도의 성적 엄격함이 남자들에게는 좀처럼 요구되지 않는 것이다.

그것을 간통이라고 부르든 밀통이라고 부르든 내통이라

새서방

고 부르든 사통이라고 부르든, 또는 서방질·화냥질·난질이나 계집질·오입질이라고 부르든, 간음의 역사는 사랑의 역사만큼 오랠 것이다. 사랑이란 곧 바람이고 바람이란 곧 움직임, 말하자면 변덕이기 때문이다. 예컨대 그리스신화나 고대 그리스 역사책의 어디를 펼쳐도 시앗본 여자, 오쟁이진 남자의 애기를 읽을 수 있다. 이상李箱이라는 필명을 지녔던 30년대의 한국 소설가도, 말하자면, 그런 오쟁이진 남자에 속할 것이다. 그래서 다음과 같은 그의 고백은 차라리 안쓰럽기까지 하다: "간음한 계집이면 나는 언제든지 곧 버린다. 다만 내가 한참 망설여가며 생각한 것은 아내의 한 짓이 간음인가 아닌가, 그것을 판정하는 것이었다. 내게서 버림을 받은 계집이 매춘부가 되었을 때, 나는 차라리 그 계집에게 은화를 지불하고 다시 매춘할지언정, 간음한 계집을 용서하지도 버리지도 않는 잔인한 악덕은 범하지 말아야 한다고 나는 나 자신에게 타이른다."

대부분의 종교는 간음에 대해 아주 보수적인 교리를 지니고 있다. 간통한 여자는 자기처럼 간통한 남자든지 사악한 남자 외에는 남편을 못 가진다고 코란은 말한다. 속이 뻔히 들여다보이는 이 훈계와 협박은 이슬람교의 그 악명 높은 남성우월

주의를 생짜로 드러낸다. 누구든지 여자를 보고 음란한 생각을 품는 사람은 이미 간음한 것이라고 신약성서는 말한다. 이 터무니없이 엄격한 성 윤리는 세상의 모든 남자를, 그러므로 세상의 모든 여자까지도, 숙명적인 간통자로 만듦으로써 교화의 효과 자체를 무화시킨다. 반면에 구약은, 언제나 그렇듯, 신약보다 더 개방적이고 인간적이다. 구약의 기자들은 욕망의 사회심리학을 알고 있었다. 훔친 물이 달고 몰래 먹는 떡이 더 맛있다는 것이 구약의 한 가르침이다.

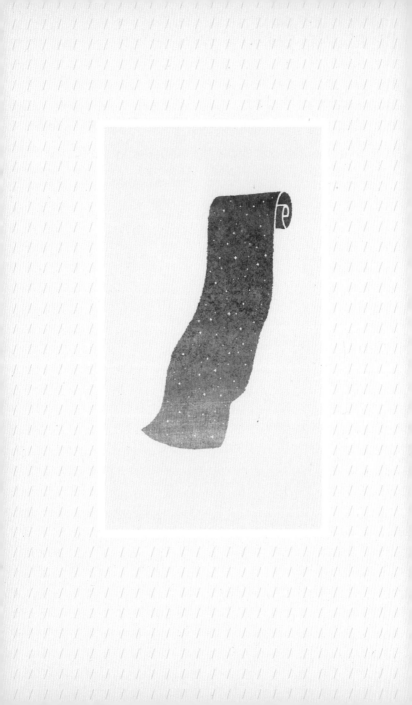

서리서리

서리서리라는 부사는 동사 서리다에서 나
왔다(어쩌면 거꾸로인지도 모른다). 그러니까 서리서리는 서려
있는 모양을 뜻하는 부사다. 동사 서리다는, 본디, 수증기가 찬
기운을 받아 물방울이 돼 엉긴다는 뜻이다. 그것은 명사 서리
에서 나온 말이다. 그러니, 겨울에 서리가 서리는 모양이 서리
서리인 것이다. 서리다의 그 최초의 뜻은, 이내, 향기가 가득
풍기다, 거미줄이나 식물·철조망 따위가 한곳에 많이 얼크러
지다, 생각이 마음에 자리 잡다, 어떤 감정이 표정 따위에 어리
어 나타나다 따위의 뜻으로 번져나갔다.

또 이 서리다와는 분명히 어원이 다른 또 하나의 서리다가

있다. 국수나 새끼 따위를 헝클어지지 않게 빙빙 둘러서 포개
어 감다, 또는 뱀 따위가 몸을 똬리처럼 감다의 뜻을 지닌 서리
다가 그것이다. 이 둘째 서리다는 명사 서리에서 나온 것이다.
그러나 그때의 서리는 서리가 내렸다고 말할 때의 그 서리가
아니다. 그때의 서리는 국숫집에서 흔히 사리라고 부르는 서
리다. 사리나 서리는 국수나 새끼를 빙빙 둘러서 포개어 감은
뭉치를 뜻한다. 그러니, 국수 사리(서리)를 서리는 모양도 서
리서리다.

동사 서리다가 서로 무관한 뜻 두 가지를 지닌 만큼, 서려
있는 모양을 뜻하는 부사 서리서리도 서로 무관한 뜻 두 가지
를 지니고 있다. 가슴에 서리서리 얽힌 회포라고 했을 때의 서
리서리는 첫째 서리다에서 온 것이고, 춘풍 이불 아래 서리서
리 넣었다고 할 때의 서리서리는 둘째 서리다에서 온 것이다.
어떤 서리서리든, 한국어 서리서리는 사랑의 부사다. 또는 부
사성 사랑이다.

그 서리서리를 사랑의 부사로 만든 가장 커다란 공로는 황
진이라는 이름을 지녔던 여자에게 돌아가야 할 것이다. 널리
알려진 그녀의 시조 한 수를 보자.

동짓달 기나긴 밤을 한 허리를 베어내어
춘풍 이불 아래 서리서리 넣었다가
어론님 오신 날 밤이여드란 구비구비 펴리라

일상생활에서 시간은 다분히 주관적인 것이다. 똑같은 물
리적 시간이라도 그것을 견뎌내는, 또는 그것에 갇혀 있는 사
람들은 자기가 처한 정황에 따라 그것을 길게도 느끼고 짧게도
느낀다. 예컨대 고려 속요 〈만전춘 별사〉의 작자에게 밤은 한
없이 짧다. 그 시의 첫째 연에서 그녀는, 또는 그는, 애인과 함
께 그 밤을 지내고 있기 때문이다.

어름우희 댓닙자리 보와 님과 나와 어러주글망뎡
정情둔 오눐밤 더듸 새오시라 더듸 새오시라

얼음 위의 댓잎 자리에서 얼어죽을망정, 그 밤이 애인과
정을 나누고 있는 밤인 이상 되도록 더디게 샜으면 좋겠다는
바람이다. 그러나 애인과 떨어져 있는 황진이에게 밤은 한없

이 길다. 더구나 그 밤은 한 해 가운데 밤이 가장 긴 동짓달의 밤이다. 그러나 그 밤은 애인과 함께라면 너무나 빨리 새버릴 밤이다. 이렇게 지겹도록 넘쳐나는 밤의 시간이 막상 애인이 오고 나면 그때는 그 반대로 너무나 모자랄 것이다. 그녀는 그 밤을 저축해놓고 싶다. 애인 곁에 있게 됐을 때 모자라게 될 밤에 대비해서. 그러니까 그 모자란 밤을 보충하기 위해서. 그녀는 밤을 한 토막 잘라내 이불 아래(춘풍春風 이불 아래! 동짓달의 차가운 밤을 녹이고 덥히기 위해서 봄바람처럼 따스하고 보들보들한 이불 아래!) 서리서리 넣어놓기로 한다. 애인이 온 날 밤에(그녀는 밤에는이라고 말하는 대신에 밤이여드란이라고 말한다. 서리서리가 사랑의 부사라면, 이여드란은 사랑의 조사다!) 굽이굽이 펴기 위해서. 왜냐하면 그날 밤이 너무 짧을 것이 분명하므로. 황진이의 놀라운 상상력은 시간을 공간으로, 물질로 바꿔놓고 있는 것이다.

황진이의 시에 보이는 서리서리는 둘째 서리서리다. 한국 문학은 서리/서리다/서리서리의 첫째 의미장意味場이 모호하게 중첩돼 있는 연애시를 한 편 지니고 있다. 고려 속요인 〈이상곡履霜曲〉이 그 작품이다. 이 시의 첫 네 행인

비 오다가 개야아 눈 하 디신 나래

서린 석석사리 조본 곱도신 길헤

잠 **짜**간 내 니믈 너겨

깃돈 열명 길헤 자라오리잇가

는 대충

비 오다가 날씨가 개어 다시 눈이 많이 내린 날에

서리어 있는 나무숲 좁고 굽어돈 길에

(이렇듯) 잠을 빼앗아간 임을 그리워하며 (이 밤을 또 지새

우는가)

(한번 가신) 그이야 어찌 이런 험한 길에 자러 오시겠습니까

의 뜻이다. 그런데 둘째 행의 서린 석석사리는 서리어 있는(즉 얼크러져 있는) 나무숲(석석사리의 석은 현대어 섶 즉 나무다)으로 해석할 수도 있지만, 서리霜는 버석버석(의성어 버석버석 말이다)이라고 해석할 수도 있는 것이다. 이 둘째 해석은 이 시의

제목이 서리 밟는 노래라는 뜻이라는 사실에 의해 부분적으로
정당화된다.

아무튼 서리/서리다/서리서리는 한국의 가장 뛰어난 연
애시 두 편에 서려 있다.

서리서리

설레다

바람이 들다; 권태가 치료되기 시작하다.

설렌다는 것은 누군가가 당신 마음속의, 그러므로 당신 몸속의, 사랑의 버튼을 눌렀다는 뜻이다. 당신이 접속됐다는 뜻이다. 누군가가 당신의 혈관에 미약媚藥을 주사했다는 뜻이다.

설움

형용사 섧다에서 파생된 명사. 섧다는 슬프고 서럽다는 뜻이다. 그러므로 설움은 슬프고 서럽게 느껴지는 마음을 뜻한다. 사랑은 때때로 설움을 수반한다. 그것은 근대 이전의 빼어난 연애시들을 떠받치고 있는 기본 정조情調이기도 하다. 〈가시리〉의 마지막 두 행을 떠올려보자: 셜온 님 보내ȯ노니/가시ȯȯ ȯ 도셔 오쇼셔.

소박데기

소박맞은 여자를 소박데기라고 한다. 인칭
접미사 데기는 어떤 명사들 밑에 붙어 사람을 얕잡아 이르는
뜻을 나타낸다. 부엌데기, 새침데기, 얌심데기 같은 말들의 데
기가 그것이다. 소박맞는다는 것은 아내가 남편에게 내쫓긴다
는 뜻이다. 요새 말로 하면 이혼당한다는 것이다.

주자학이 득세했던 조선 초기에는 대명률大明律에 따라
남자가 자기 아내를 내칠 수 있는 조건이 일곱 가지 있었다(그
러면 여자가 자기 남편을 내칠 수 있는 조건은? 없었다. 남자는 이
혼 의사를 표시할 수 있었지만, 여자는 그럴 수 없었다. 사실, 이것
은 법적 조건이기 이전에 경제적·사회문화적 조건이었다). 칠출

七出이라고도 하고 더 세속적으로는 칠거지악七去之惡이라고
도 하는 이 조건을 열거해보자면 첫째 시부모를 잘 섬기지 못
했을 경우, 둘째 음탕한 행위를 했을 경우, 셋째 아들을 낳지 못
했을 경우, 넷째 질투를 했을 경우, 다섯째 문둥병·간질병 등
나쁜 병이 있을 경우, 여섯째 말이 많은 경우, 일곱째 도둑질을
했을 경우다. 물론 이 칠출은 삼불출三不出이라는 조건에 의해
제약을 받았다. 삼불출이란 아내에게 칠출의 조건이 있다고
하더라도 남자가 자기 아내와 이혼할 수 없는 세 가지 조건이
다. 삼불거三不去라고도 하는 삼불출을 열거하자면 첫째 시부
모의 삼년상을 같이 치른 경우, 둘째 혼인 당시에는 가난했으
나 뒤에 부귀하게 된 경우, 셋째 아내에게 돌아갈 집이 없는 경
우다.

　칠거지악이라는 남성 위주의 이혼 조건이 법제화되기는
했지만 조선 시대에 이혼이 실제로 그리 흔했던 것은 아니다.
칠출 가운데 중요시됐던 것은 음탕한 행위를 한 것과 시부모를
잘 섬기지 못한 것 정도였을 뿐 나머지 조건이 이혼의 조건이
되는 경우는 별로 없었다. 또 삼불출의 조건이 아내에게 있는
데도 칠출을 이유로 아내를 내친 남자에게는 죄를 묻고 다시

소박데기

아내와 함께 살게 했으므로, 실제로 소박맞은 여자는 그리 많지 않았다. 축첩蓄妾제도도 파경破鏡을 막는 방파제로 작용했을 것이다. 요컨대 조선 봉건국가는 되도록 이혼을 억제했던 것이다. 중국 송나라 때의 서긍이 〈선화봉사고려도경〉이라는 고려 기행문에서 "고려 사람들은 경술하게 결혼하고 부부가 쉽게 갈라진다"고 기록했던 시기와는 딴판이었던 셈이다. 그러니, 지금의 세태는 결혼과 이혼에 관한 한 조선 시대보다는 고려 시대에 더 가깝다고 할 수 있다.

소박데기

속삭임

———————————

　　낮은 목소리로 가만가만 정답게 하는 말.
사랑의 말은 대체로 속삭임이다. 속삭임은 동사 속삭이다에서
나왔다. 속닥이다, 속닥거리다, 속달거리다, 수군거리다, 수런
거리다 같은 비슷한 계열의 다른 낱말들과는 달리 속삭이다에
는 부정적 뉘앙스가 별로 없다.

숫보기

숫보기의 본래 뜻은 숫된 사람, 말하자면 숫티를 지닌 사람이다. 숫되다는 것은 순진하고 어수룩하다는 뜻이다. 숫하다, 또는 숫스럽다고도 표현한다. 그리고 그런 숫된 태도가 숫티다. 숫되다·숫하다·숫스럽다·숫티와도 관련이 있는 숫보기의 접두사 숫은, 아직 손을 대지 않은, 변하지 않은, 본디 그대로의 따위의 뜻을 지닌다. 아무도 지나가지 않은 쌓인 그대로의 눈, 즉 처녀설處女雪을 뜻하는 숫눈이나, 그 숫눈이 그대로 쌓여 있는 길을 뜻하는 숫눈길, 순박한 백성을 뜻하는 숫백성, 만든 채로 손대지 않고 고스란히 있는 음식을 뜻하는 숫음식 따위의 말에서 그 접두사 숫이 발견된다.

숫보기의 보기는 어떤 명사들에서 사람을 뜻한다. 어수룩한 사람을 뜻하는 어리보기, 아주 못난 사람을 뜻하는 득보기 같은 말에서 그런 뜻의 보기가 발견된다. 그러니까 숫보기는 숫사람으로 표현을 바꿀 수도 있다.

그렇지만 숫보기에는 그런 숫사람의 뜻 말고도 숫총각이나 숫처녀라는 뜻도 있다. 결혼했을 때 그 여자와 그 남자는 둘 다 숫보기였어, 라고 말할 때 그 숫보기는 동정童貞을 지키고 있는 사람의 뜻이다. 이광수라는 덜떨어진 소설가는 혼인의 기쁨은 남녀 쌍방의 동정 여부에 의해 결정된다는 따위의 위선적인 말을 하기도 했지만, 그 말을 믿고 결혼 전까지 숫보기로, 그러니까 숫총각·숫처녀로 남아 있기를 고집하는 사람들이 있다면 굳이 그들을 말릴 이유도 없을 것이다. 순결이라는 미망에 집착할 자유, 즉 어수룩할 자유는 누구에게라도 있으니까.

모두 알다시피 숫총각이란 여자와 성적 관계를 맺어보지 못한 총각이고, 숫처녀란 남자와 성적 관계를 맺어보지 못한 처녀다. 처녀라는 말에는, 아마도 서양말의 영향 때문이겠지만, 단지 아직 결혼하지 않은 여자라는 뜻만 있는 것이 아니라 남자와 성적 관계를 맺어본 일이 없는 여자라는 뜻도 있으므

숫보기

로, 사실 숫처녀의 숫은 쓸데없는 말, 즉 군말일지도 모른다.

역시 서양말의 영향을 받아서겠지만, 그래서, 처녀라는 말은 관형사적으로 쓰여서 아무도 손대지 않은, 맨 처음의 따위의 뜻을 지니기도 한다. 아까참에도 처녀설이라는 말이 나왔지만, 예컨대 사람의 손길이 닿지 않은 자연 그대로의 땅을 뜻하는 처녀지處女地, 사람이 들어가 나무를 베어낸 적이 없는 자연 그대로의 숲을 뜻하는 처녀림, 땅 밑의 마그마에서 나와 바위틈을 따라 땅거죽에 솟아오른 물을 뜻하는 처녀수處女水, 새 배나 항해사가 처음으로 바다를 건너는 것을 뜻하는 처녀항해, 새 비행기나 비행사가 처음으로 하늘을 나는 것을 뜻하는 처녀비행, 어떤 배우가 무대나 스크린에 처음으로 나가는 것을 뜻하는 처녀출연, 어떤 예술가가 처음으로 발표한 작품이라는 뜻을 지닌 처녀작, 운동선수의 첫 번째 출전을 뜻하는 처녀출전, 저자나 출판사가 처음으로 책을 펴내는 것을 뜻하는 처녀출판 같은 말에서 처녀라는 말의 그런 용법이 발견된다. 그러니까 이 경우의 처녀는 접두사 숫과 의미나 용법이 비슷한 셈이다. 숫처녀는, 다시, 그러니까, 그저 숫된 것이 아니라 숫되고 숫된 것이다. 지금의 처녀림이나 처녀지에 사람의 손길이 계속 닳아 처녀림과 처녀지가 아주 드물게 된다면, 언젠가는 숫처녀림이나 숫처녀지 같은 말이 나올지도 모를 일이다. 물론 방금 이 말은 그저 익살일 뿐이다.

성적 순결에 대한 강박은 고려 시대 후기 이후의 일이다. 《삼국지위지동이전》은 고구려의 풍속을 묘사하면서 "그 나라 백성들은 음란해서 노래와 춤을 즐기며 나라 안의 읍락에서는 남녀가 밤늦도록 함께 모여 노래하고 춤추며 논다"고 기록하고 있다. 또 《주서周書》에서도 "(고구려의) 남녀는 시냇가에서 함께 목욕하고 한방에서 잔다"는 기록이 발견된다. 고대의 한국인들은 지금보다 성적으로 훨씬 더 개방적이었던 것이다.

스스럽다

———————

　　　그녀와의 또는 그와의 정분이 두텁지 못해 그녀를 또는 그를 대하기가 어렵고 조심스럽다는 뜻이다. 스스러운 마음이 없는 것을 스스럼없다고 한다. 그러니까 스스럼이란 스스러운 마음이라는 뜻이다. 사랑이 하나의 과정이라면 그것은 스스럼이 없어지는 과정이다.

시앗

아내의 입장에서 자기 남편의 첩을 이르는
말. 그러므로 아무개의 시앗이라고 할 때 아무개는 항상 여성
이다. 그 아무개를 주어로 삼아서 시앗을 보다라고 말하면 그
아무개의 남편이 첩을 얻었다는 뜻이다. 그러므로, 사회제도
나 관습이 낱말들에 새겨놓은 무늬들을 모르는 체하고 오로지
생물학적인 고려만을 한다면, 시앗보다라는 동사는 오쟁이지
다의 대응어다. 시앗을 보면 길가의 돌부처도 돌아앉는다는
속담은 본처가 자기 시앗에게 느끼는 적대감—정당한 강샘—
을 지적하고 있다. 시앗에 관한 속담은 이것 말고도 여럿 있다.
대개는 같은 취지이지만. 시앗끼리는 하품도 옳지 않는다, 시

앗 사이에는 고운 말 없다 같은 속담이 있는 걸 보면, 시앗이라는 말이 꼭 본처가 자기 남편의 첩을 이르는 말만은 아니었던 모양이다. 첩의 입장에서 보면 본처가 결국 시앗이었던 것이다. 뒷방마누라란 시앗에게 권리를 빼앗기고 쥐여지내는 본처를 우스꽝스럽게 이르는 말이다.

첩은 소실小室, 소가小家, 부실副室, 별가別家, 별실別室, 별방別房, 측실側室이라고도 한다. 이 말들에서 소小, 부副, 별別, 측側 등의 한자가 죄다 부차적인이라는 의미를 지니고 있는 것이 재미있다. 첩이라는 말을 점차 대치하고 있는 세컨드라는 말과 관련해서 하는 말이다.

중세어에는 첩에 해당하는 고마라는 토박이말이 있었으나 지금은 쓰이지 않는다. 고마를 토박이말이라고 해놓고 보니 쩜쩜함이 남는다. 몇몇 역사언어학자들에 따르면 고마는 첩을 뜻했던 중세 몽고어 꾸마의 차용이기 때문이다. 토박이말과 차용어의 경계는, 특히 한국어의 경우엔, 흐릿하기 그지없는 것이다. 중세 때는 꽃여인 또는 꽃아내라는 뜻의 곳갓, 곳겨집 따위의 말로 첩의 의미를 에둘러 표현하기도 했다. 곳겨집에 대응해서 본처를 뜻했던 말로 믿겨집이란 말도 있었다.

첩을 뜻하는 말로 아나서라는 말도 있었다. 아나서란, 지난날 정삼품 이하의 벼슬아치의 첩을 하인들이 이르던 말이다.

첩이라는 말에는, 어쩌면 당연히, 경멸의 함의가 담겨 있다. 첩을 더 경멸해서 부르는 첩데기라는 말에는 더 말할 나위가 없고. 노리개첩, 등글개첩이라는 말에서도 첩에 대한 경멸이 읽힌다. 첩장모, 첩장인이라는 말은 남자의 입장에서 자기 첩의 친정 부모를 이르는 말이고, 첩며느리란 남자 부모의 입장에서 자기 아들의 첩을 이르는 말이다. 또 남의 첩이 되어 사는 생활을 첩살이라고 한다.

시앗이나 첩이라는 말은 이혼과 재혼이 여자에게만이 아니라 겉보기에는 남자에게도 힘겨웠던 봉건시대의 산물이다. 첩제가 있게 된 사정은 가부장적 가족제도의 확립과 남성에 대한 여성의 경제적 예속에 있다. 그것은 일부일처제의 추악한 변태이고 일부 계층에 대한 특권의 승인이다. 그러므로 시앗이나 첩이라는 말에서 느껴지는 경멸감이 정작 향해야 할 곳은 시앗이나 첩을 제도 속에 포용하고 있었던—그리고 어쩌면 포용하고 있는—사회의 위선이다.

싱그럽다

싱싱하고 향기롭다. 그것은 풋사랑의 형용사다. 열여섯 이전의 사랑만이 싱그럽다.

씨받이

지난날, 혼인한 부부의 아내에게 이상이 있어서 代를 잇지 못할 경우에 재물을 받고 그 남자의 아이를 대신 낳아주던 여자, 또는 그렇게 해서 씨를 받는 일. 여기서 씨는 혈통을 뜻한다. 씨받이로는 대체로 천한 신분 출신의 젊은 홀어미가 선택됐다. 씨받이의 대응어는 씨내리다. 즉 씨내리는 이상이 있는 남편 대신에 아내와 합방하여 아이를 배게 하던 남자다. 씨받이 풍습은 아직까지도 완전히 근절되지 않고 있다. 입양 제도에 대한 거부감이 전통적인 남아 선호와 결합된 탓이다. 다른 성을 가진 사람이나 심지어 외국인을 양자로 삼기도 하는 유럽인이나 일본인에 견주어, 한국에서는 대

체로 가까운 친족 가운데서 양자를 들인다. 골수에 박인 부계
혈통주의 때문이다.

아내

삼풍백화점이 무너져내리던 날, 내 아내의 이종 한 사람은 그 건물 안에 있었다. 나와 동갑인 그녀는 그 백화점의 점원이었고, 뒤늦은 결혼을 한 달 남겨두고 있었다. 여러 날 동안 특별 종일 방송과 철야 방송을 마다하지 않았던 텔레비전 방송사들의 배려 덕택에, 그러니까 사고 현장에 내 시선을 묶어두었던 그 배려 덕택에, 나는 로젠탈이라는 이름과 아주 친숙하게 되었다. 어쩌면 당신들도 기억할지 모르겠다. '로젠탈 특별전'을 선전하던 현수막이 텔레비전 화면 속의 사고 현장에 줄곧 의연히 드리워져 있던 것을.

사실 나는 지금도 로젠탈이 누구인지 모른다. 서울 강남의 백화점에서 '특별전'을 할 만한, 잘 팔리는 화가이거나 조각가이거나 설치 미술가이거나, 뭐 어쨌거나 그런 종류의 예술 종사자일 것이다. 나는 다만, 수백의 생사람이 한꺼번에 묻혀버린 그 아비규환의 현장에 위엄 있게 게양된 그 로젠탈 깃발에서 쓸쓸한 아이러니를 느꼈다. 그들은 로젠탈, 그러니까 장미의 골짜기에 묻혔다. 그것이 그들에게 위로가 될 것인가? 그것이 내 처이종에게 위로가 될 것인가? 아마도 그렇지 않을 것이다. 그 장미는 썩은 장미였을 것이다. 그들의 파묻힌 육신보다 훨씬 이전에 썩어서, 그들의 원한에 찬 시신보다 훨씬 이전에 그 강남 골짜기와 서울특별시와 남한 방방곡곡으로 추깃물을 흘려보내던 악의 장미였을 것이다.

　나는 내 처이종을 잘 알지는 못했다. 아내와 함께 대여섯 번 그녀를 만난 게 전부다. 그렇지만, 그녀의 빈소에서 내가 밤을 새운 것은 자연스러운 일이었다. 나는 그때 우연히 서울에 있었으니까.

　우리들이 늘상 죽음에 대해서 생각하는 것은 아니다. 일상의 잡사들은 죽음에 대한 우리들의 상념으로부터 집요함을 빼앗아가버린다. 비록 죽음에 대한 공포와 불안만큼 원초적이고 절대적인 불안과 공포가 달리 없다고 하더라도 말이다. 그리고 그것은 다행스런 일이기도 하다. 그 원초적이고 절대적인 불안과 공포에 우리가 늘상 들려 있다면, 세상은 도무지 제대로 굴러갈 수가 없을 것이다. 세상을 만들어가는 것은, 뭐니 뭐니 해도, 잡념으로부터 해방된 노동이므로. 그것이 우리 모두가 중이나 수도사가 되어서는 안 되는 이유 가운데 하나이기도 하다. 게다가, 우리가 늘상 죽음에 대해서 생각한다면, 우리들 가운데 상당수는 이내 미쳐버리고 말 게 틀림없다.

빈소는 죽음에 대해서 생각하기에 알맞은 장소다. 그 경우의 생각하기란 그다지 능동적인 것은 아니다. 우리의 의지와 상관없이 빈소의 분위기는 죽음에 대한 생각을 불러일으킨다. 그런 생각을 쫓아내기 위해서 고스톱을 치고 술을 마셔도 그 효력이 완전무결한 것은 아니다. 죽음에 대한 생각은, 빈소의 귀기를 쫓아내기 위해 인간이 부러 빚어내는 그런 유희의 분위기를 비웃으며 우리들의 살 속으로 스민다.

처이종의 빈소에서 나는 죽음에 대해서 생각했다. 그녀의 빈소에 내가 아는 사람이 별로 없었다는 것이 죽음에 대한 내 상념을 더 견고하고 집요하게 만들었다. 지인들의 행복한 방

해가 없었던 것이다. 게다가 나는 그즈음 몸 상태가 그리 좋질 않았다. 그것이 내가 서울을 방문한 이유이기도 했다. 몸이 아플 때 우리들은 죽음에 대해 생각한다. 급작스러운 죽음이 아닌 경우엔 대체로 병이라는 것이 죽음의 전조이기 때문이기도 하지만, 몸이 아플 땐 죽음에 대한 생각 말고는 별달리 할 일이 없기 때문이기도 하다. 벽제의 화장터에서도 나는 계속 죽음에 대해서 생각했다. 처이종의 몸뚱어리는 어느 밀폐된 방으로 들어간 지 한 시간 20분 만에 재로 변해서 조그만 상자에 담겨 나왔다. 그녀의 유골이 어찌 되었는지 나는 모른다. 벽제에 다녀온 뒤로는 죽음에 대한 내 상념을 떨어내버리기 위해서 유족들에게 일절 연락을 하지 않았고, 그 얼마 뒤 나는 파리로 돌아와버렸으므로.

파리로 돌아와서 수척해진 아내의 얼굴을 보고는, 나는 처이종의 죽음이 아내에게 얼마나 커다란 아픔이었는지를 확인했다. 아이들은 제 엄마의 얼굴이 며칠 동안이나 눈물범벅이었다고 내게 증언했다. 물론 그 아이들에게 별로 슬픈 기색은 없었다. 아내와 처이종은 친자매처럼 붙어서 어린 시절을 보냈다. 한 여자에게는 아버지가 없었고, 또 한 여자에게는 어

아내

머니가 없었다. 실제로 그들은 얼마간 한집에 살기도 했었다. 아내의 슬픈 얼굴은 나를 겸연쩍게 만들었다. 사실, 처이종의 죽음은 죽음에 대한 생각으로 나를 고문하기는 했지만, 내게 어떤 커다란 상실감을 준 것은 아니었다. 아내의 그 슬픈 얼굴이 내게 무슨 가책을 주어 어떤 상실감을 복구시킨 것도 아니다. 모든 감정이 그렇듯, 상실감이라는 것도 무슨 노력이나 의지로 불러일으킬 수 있는 것은 아니므로. 그렇지만, 아내의 그 슬픈 얼굴은 내게 다시 한번 죽음에 대한 상념을 불러일으켰다. 그리고 그 상념의 끝은 항상 죽음에 대한 두려움이었다. 어쩌면 죽음의 공포는 그 상념의 끝이 아니라 시작, 그러니까 그 실마리였을지도 모른다. 그 죽음의 공포를 떨쳐버리기 위해서 내가 나 자신에게 내린 '고전적' 처방은 이따금 무덤을 찾는 것이다. 죽은 자들 사이에서 죽음에 대해 지겹도록 생각하면서, 그 지겨움을 통해 두려움을 분해해버리는 것.

페르라셰즈 묘지는 넓다. 그것은 파리에서 가장 넓은 묘원이다. 44헥타르가량의 이 묘원에는 약 10만 기의 무덤이 자리 잡고 있다. 묘원이 생긴 이래 거기 묻힌 사람은 1백만이 넘는다고 한다. 지난 7월 16일 일요일, 나는 점심을 먹고 아내와 함께 집을 나섰다. 오른쪽 어깻죽지와 장딴지가 욱신거렸다. 그 전날, 그러니까 파리로 되돌아온 다음 날, 아이들과 함께 집 근처의 뱅센 숲에 가서 꽤 오래도록 공놀이와 프리즈비를 한 탓이다. 날씨는 서늘했다. 이상 저온이라 싶을 정도로 올해의 여름은 늦게 찾아왔고, 그 뒤늦은 여름마저 여름답지 않게 서늘했다. 페르라셰즈는 내게 익숙한 곳이다. 92년 가을 처음으로 파리에 와서 8개월 남짓가량을 머무르는 동안에는, 나는 이 묘지에 한 번도 들른 일이 없었다. 내가 파리에 있었던 목적인 저널리즘 연수의 일정이 빡빡하기도 했고, 그때는 언제 다시 유럽에 올 수 있으랴 싶어서 그저 프랑스 바깥으로만 나댔던 것이다. 루브르박물관마저 지나쳤을 정도였다. 그렇지만 94년 2월 말에 서울 생활을 정리하고 무작정 파리로 날아온 뒤로, 나는 이 묘지에 자주 들렀다. 나는 이 묘지만이 아니라 파리의 구석구석을 걸었다. 시간은 넘쳐났고, 내게는 외국 여행을 할 만큼의 돈이 없었기 때문이다. 그렇지만 내 파리 산책은 주로 혼자서였다. 아내든 아이들이든 몇 안 되는 파리의 친구들이든 나만큼 한가하지는 않았기 때문이다. 아내와 단둘이서

아내

페르라셰즈를 찾은 것도 지난 7월 16일이 처음이었다.

　내 서울 나들이 탓에 한 달가량을 떨어져 지냈기 때문이었을 것이다. 그날 아내와 파리 시내 나들이를 하며 내가 약간의 연애 감정을 느꼈던 것이 말이다. 그 한 달은 79년 여름 내가 그 여자를 처음 만난 이래 우리가 떨어져 있던 가장 오랜 기간이었다. 뱅센 역에서 페르라셰즈 역 사이의 지하철 안에서 나는 우리가 함께 살아온 세월을 생각했다.

　우리가 처음 만났을 때, 우리는 둘 다 생후 20년을 채우지 못하고 있었다. 말하자면 서양식의 나이 셈법으론 우리는 둘 다 10대였다. 우리는 2년 뒤에 약혼을 했고, 그 이듬해에 결혼을 했다. 우리들의 약혼도, 우리들의 결혼도 처가의 축복은 받지 못했다. 전라도 사람에 대한 경상도 사람들의 편견도 분명히 한몫 했을 것이다. 그러나 더 중요한 이유는 내게 결핍돼 있던 개인적 전망이었을 것이다. 그 점에서 처갓집 사람들의 생각은 옳았다. 우리들이 함께 보낸 지난 16년 동안 내가 걸어온 세속적 이력은 보통의 아내가 만족하기에는 턱없이 변변찮은 것이었다. 그러나 아내가 내 무능에 대해서 시비를 건 적은 없다. 비록 아내가 동창회에도 나가지 않고 가까웠던 친구들과도 잘 어울리지 않게 된 것이 내 무능과 전혀 무관하지 않은 것은 틀림없지만 말이다. 그 점에 대해 그 여자에게 내가 느낄 수밖에 없었던 고마움과 미안함을 나는 내색하지 않았다.

게다가 나는 이 여자의 세속적 불만을 정서적 성실함으로 보상해준 것도 아니었다. 나는 이 여자를 사랑했고 지금도 사랑하지만, 지난 16년 동안 내 마음속에 이 여자 이외에 다른 어떤 여자도 없었다고는 감히 말 못하겠다. 마돈나에서부터 직장의 여자 동료들에 이르기까지 순간순간 내 항심을 흩뜨려놓았던 여자들이 있었다. 말하자면, 우리가 처음 만났을 때부터 지금까지 내가 이 여자에게 지니고 있는 사랑이 어떤 세속적 셈속과는 무관했다는 점에서 그것은 일종의 '순애보'라고 할 만하지만, 그 사랑이 1백 퍼센트 순도의 항심으로만 이루어지지는 않았다는 점에서 그것은 완전한 순애보는 아니었다. 나는 변덕스러웠고, 신경질적이었으며, 나약했다. 게다가, 앞 문장의 서술어들은 현재형으로도 유효하다.

어쨌든 중요한 것은 그런 것들이 아니다. 중요한 것은, 아내와 함께 지난 7월 16일 집을 나서서 페르라셰즈로 향하며, 내가 어떤 싱그러운 연애 감정을 느꼈다는 사실이다. 아내와 나는 두 시간가량 묘지를 걸었다. 가끔은 팔짱을 끼기도 했고, 서로의 한심함에 박장대소하기도 했다. 정문으로 다시 나오기 전, 우리는 정문 동쪽에 자리 잡은 제7묘역의 한 무덤 앞에 섰다. 엘로이즈와 아벨라르의 무덤이다. 그것은 작은 성당처럼 생긴 무덤이다. 나는 슬픈 사랑은 싫다. 절제된 사랑도 싫다. 예컨대, 아내와의 사랑, 또는 내가 겪게 될지 모르는 앞날의 사랑이 여기 나란히 누워 있는 아벨라르와 엘로이즈 사이의 사랑처럼 풍진 세계에 의해 극화되거나 종교적 절제에 의해 잦아든다는 건 상상만 해도 끔찍하다. 그럼에도, 나는 자기가 살고 있던 시대를 뛰어넘고자 했던, 그렇지만 결국은 그 시도에 의해 상처받고 주저앉았던 이 두 연인의 무덤 앞에 설 때마다, 아득한 중세에 대한 내 멋대로의 상상을 신나게 작동시킨다. 중세를 흔히 암흑시대라고 말한다. 그러나 그 암흑시대에 대한 내 상상은 무책임한 달콤함과 날씬함으로 그득 차 있다. 20세기 문명의 편의에 익숙해져버린 내 육체와 정신이 만일 그 시기에라면 맞부닥쳐야 했을 온갖 불편과 야만을 내 상상력은 거칠게 구축해버린다. 그 암흑에 대해 일차적 책임이 있었을 교회에 대한 상상마저 때때로 달콤하다.

아내

여기에 묻혀 있는 이 남자, 자기 시대에는 라틴어식으로 페트루스 아바일라르두스라고 불렸을 피에르 아벨라르는 단순히 어떤 러브 스토리의 프로타고니스트가 아니라 12세기 최고의 철학자이자 신학자다. 스콜라철학과 보편논쟁의 연구자가 그의 이름을 우회하는 것은 남한 민족문학론의 연구자가 백낙청이라는 이름을 우회하는 것만큼이나 불가능한 일이다.

낭트 근처 르팔레의 귀족 가문에서 1079년 태어나 샬롱쉬르손 근처의 생마르셀 수도원에서 1142년 4월 21일에 죽은 이 중세 남자는 젊은 시절부터 문학의 미약에 중독돼 있었다. 그가 철학과 신학 분야에서 남긴 방대한 저작들이 하나같이 좁은 의미의 문학 텍스트에 못지않은 미적 정제를 보여주고 있는 것도 그의 '문청' 시절을 지배했던 정열의 행복한 흔적이다. 어린 시절 고향을 떠나 샤르트르와 로슈와 파리에서 철학과 신학을 공부하며 그 명민함으로 스승들과 주위 사람들을 감동시킨 그는 바로 그 탁월한 지성과 그 지성에 걸맞은 지적 자부심 때문에 자기 생애의 이른 시절부터 지적 논쟁의 중심에 서게 된다. 그가 청년기 때부터 당대의 중심적 지적 논쟁에 휩쓸리기

아내

시작했다는 것은 그에게 행복이기도 했고, 불행이기도 했다. 당시의 대학을 지배하던 해묵은 논쟁 풍토 속에서 그의 논쟁벽은 그에게 때이른 명망을 가져다주었지만, 바로 그 논쟁벽과 명망이 그의 격정적 성격과 결합해 그에게 숱한 적을 만들고 그의 삶을 격랑 속에 빠뜨렸기 때문이다.

　그의 논쟁의 삶은 어찌 보면 배덕의 삶이기도 했다. 그는 자신에게 고대 이래의 변증법과 수사학을 가르쳐준 선생이었던 실재론자 기욤 드 샹포에게 반기를 들고 로슬랭으로부터 연원한 유명론을 지지했다. 아벨라르와 기욤 드 샹포 사이의 격렬한 보편논쟁은, 적어도 일시적으로는, 아벨라르의 승리로 끝나 기욤 드 샹포의 제자들은 그 늙은 변증법 교사를 버리고 아벨라르 밑에 모이게 되었다. 그의 논쟁의 대상은 끊임없이 상향 이동했다. 랑에서, 그는 자신의 옛 스승 기욤 드 샹포의 스승이자 그 자신의 새로운 신학 스승인 안젤름과 사사건건 격론을 벌였다. 그 결과는 겸손과 온유로 이름난 랑의 안젤름으로부터 그가 예외적인 출교를 당한 것이었지만, 바로 그 덕분에 그는 스물세 살이 채 못 되어 믈룅에 자신의 학교를 가질 수 있었고, 이어 코르베유와 마침내 파리에도 자신의 학교를 가질 수 있었다. 아벨라르가 얼마 후 파리의 명문 에콜 노트르담의 철학 교수로 취임했을 때 그의 명성은 이미 전유럽적이 되었고, 유럽 모든 곳의 학생들이 그의 강의를 듣기 위해 파리로 몰려들었다. 그 뒤 10여 년간 그는 명성의 절정에 있었다. 교회도 국왕도 학교도 그의 편이었다. 그의 운명은 영원히 창창할 것 같았다. 적어도 1118년의 어느 가을날까지는. 그러니까, 적어도 그 앞에 한 여자가 나타나기 전까지는.

그 운명의 가을날, 생애와 명성의 절정에 서 있던 그 중세의 가을날, 아벨라르는 파리의 한 수도참사회원의 어린 질녀에게 반해버렸다. 그녀의 이름이 엘로이즈였다. 그녀는 아름다웠고, 그녀의 총명과 교양은 그녀의 아름다움마저도 퇴색시킬 정도였다. 그때 여자는 열여덟 살이 채 못 되었고, 남자는 마흔이 다 되어갔다. 물론 여자만이 아니라 남자도 그때까지는 동정이었다. 19세기의 어떤 소설가는 그들의 만남을 이렇게 묘사했다: "한편에는 40세의 거드름꾼이 있다. 그의 영혼은 루소의 영혼처럼 음란스럽게 정직하다. 또 한편에는 12세기의 재원才媛이 있다. 엘로이즈라 불리는 부덕婦德의 심연이."

그녀 가까이 살면서, 그녀를 가르치게 된 것을 기회 삼아,

그는 그녀를 유혹했고, 결국 임신시켰고, 임신이 알려지자 그녀를 가족과 떼어놓기 위해 유괴했으며, 그녀와 결혼했다. 그러나 자신의 이력을 한순간에 날려버릴 수도 있는 그 결혼을 비밀에 부쳤다. 물론 그것은 부질없는 짓이었다. 예나 지금이나 염문만큼 발빠른 것도 없으니까. 자기 질녀와 아벨라르 사이의 러브 스토리를, 사제 간의 그 치정을 알게 된 수도참사회원 퓔베르는 자기 조카도 아벨라르도 용서할 수가 없었다. 아벨라르는 우선 자기보다도 엘로이즈의 신변이 염려되었고, 고민 끝에, 삼촌의 분노가 얼마 동안이라도 그녀에게 미치지 못하도록, 그녀를 수녀로 변장시켜서 아르장퇴유 수녀원에 데려갔다. 장고 끝에 악수란 이런 것을 두고 하는 말일 것이다. 퓔베르는 '파렴치한' 아벨라르가 자신의 명성과 이력에 흠집을 남기지 않기 위해서, 그러니까 자유를 되찾기 위해서, 자기 조카를 그곳에 가두어 유기할 생각이라고 굳게 믿었고, 그래서, 삼촌의 직분을 다하기 위해, 가족의 명예를 위해, 자객들을 고용해 아벨라르에게 잔혹하게 복수했다. 그 복수란, 아벨라르의 국부를 잘라내버린 것이었다.

　궁형을 당한 사마천이 《사기》의 집필에 자신의 좌절을 묻

아내

었듯, 아벨라르는 자신의 수치심과 절망과 뉘우침까지도 수도복 속에 묻어버리기로 마음을 정했다. 그러나 혼자서만 수도사가 되는 것은 왠지 억울했다. 그는 여전히 엘로이즈를 사랑하고 있었고, 그의 아내가 세속적 삶을 살아갈 것이라는 사실에 억제할 수 없는 질투를 느꼈다. 아벨라르는, 치사하게도, 엘로이즈에게 수녀가 될 것을 요구했다. 물귀신 작전이었다. 엘로이즈는 아벨라르의 뜻을 따랐다. 그것은 오로지 아벨라르에 대한 사랑 때문이었다. 세상과의 격리, 그것이 의미하는 자신의 부재와 망각을 엘로이즈는 오로지 아벨라르에 대한 열정의 힘으로 수락했다. 그녀는 하느님이 자신을 불렀다고는 결코 생각하지 않았다. 그렇지만 소명 의식이 없었음에도, 그녀는 수도원의 규율에 복종했다. 이 모든 일은 아벨라르와 엘로이즈가 눈이 맞은 지 한 해 사이에 일어난 일이었다.

엘로이즈와 아벨라르의 애절한 사랑은 뒷날 장자크 루소의 서간체 소설 《쥘리 또는 새 엘로이즈》의 한 실마리가 되기도 했다. 물론 그 소설에서 루소가 그린 것은 12세기의 사랑이 아니라 18세기의 사랑이다. 그 소설은 마담 두드토라는 여자에 대한 작가의 정열이 열매를 맺을 수 없게 되자 한풀이로 쓴 것이다. 소설 속의 평민 가정교사 생프뢰와 그를 사랑하는 귀족 출신의 쥘리 에탕주는 바로 루소 자신과 마담 두드토의 직접적 투영이다. 레만 호를 배경으로 한 그 아름답고 슬픈 소설은 이루어질 수 없는 사랑에 대한 만가일 뿐만 아니라, 정치와 종교와 인류애 따위의 주제에 대한 루소의 낭만주의·자유주의가 별다른 여과 없이 드러난 철학소설이기도 하다. 그러나 일차적으로 루소는 쥘리 안에서, 그러니까 마담 두드토 안에서, 새 엘로이즈를 보았다. 그 현숙賢淑과 지혜와 복종과 부덕婦德을. 그리고 무엇보다도 이 모든 것을 관통하는 정념을.

다시 우리들의 중세로 돌아가자. 십여 년이 흘렀다. 노장 쉬르센 근처의 르 파라클레 수녀원의 원장이었던 엘로이즈는 어느 날 당대의 석학 페트루스 아바일라르두스가 쓴 《아바일라르두스가 겪은 재앙 이야기》라는 책을 우연히 읽는다. 피에르 아벨라르가 미지의 친구—아마도 허구의 인물일 것이다—에게 보낸 기다란 편지 형식의 《재앙 이야기》는, 문헌학자와 아벨라르 연구가들의 짐작으로는, 그가 수도원장으로 있었던 브르타뉴의 생질다스 수도원에서, 아마도 1136년경에, 쓰였다. 이것은 일종의 단편적 자서전이다. 그리고 이것은 아벨라르의 풍운아적 삶의 세목에 대해 우리들에게 남겨진 유일한 직접적 자료다. 아벨라르는 이 기다란 편지에서 곡절에 찬 자신의 삶과 이 책 집필 시 머물던 수도원의 이모저모에 대해 얘기한다. 루아르아틀랑티크의 르팔레에서 보낸 어린 시절 이야기, 비극으로 끝난 엘로이즈와의 사랑에 대한 디테일들, 자신의 신학적·철학적 숙적들의 부당한 행위를 참아내야 하는 고통, 생질다스의 어중이떠중이 수도사들, 수아송 공의회가 자신의 논문〈신의 단일성과 삼위일체성에 대하여〉에 대해 내린 유죄판결과 그에 이은 분서焚書 사건 같은 것들이 이 책의 내용이다.

아벨라르는 이 책에서 자기 적들을 비판하는 데 그치지 않고 자신의 결점들까지도 솔직히 고백한다. 특히 자신의 지나친 지적知的 자만심과 허영을 적나라하게 기록한다. 벗에게 보내는 편지라는 이 텍스트의 형식이 그런 고백을 쉽게 해주었을 것이다. 변증법적이고 논쟁적인 아벨라르의 기질은 이 편지에서도 다시 한번 드러난다. 그를 중상하는 사람들에 대한 신랄한 구절들에서만이 아니라, 그들에 대한 자신의 감정을 다시 세밀하게 분석하는 아벨라르의 자의식적 태도에서 말이다. 그리고 바로 그런 자기감정의 분석이 그에게는 새로운 고통의 원천이 된다. 자신을 증오하는 남을 증오하는 자신을 다시 증오, 까지는 아니더라도 분석함으로써, 자신을 끝없이 소모시키는 것, 그것이 아벨라르가 타고난 정신의 운명이었다. 그 정신의 운명이 학술 문서의 번쇄를 걷어버리고 적나라하게 드러나 있다는 것, 바로 그 점이 이 텍스트를 아주 독특하고 내밀한 문서로 만든다. 이 격정에 찬 철학자의 고뇌에 찬 영혼이 날것으로 드러나 있는 것이다. 이 《재앙 이야기》는 그러나 엘로이즈에게 바쳐진 이야기는 아니었다. 10여 년의 세월은 아벨라르로부터 엘로이즈에 대한 예전의 격한 정열을 빼앗아가버렸고, 이 책 속에서 그들의 사랑과 그 사랑에 수반한 우여곡절들은 단지 하나의 에피소드로 처리돼 있을 뿐이다. 요컨대 아벨라르가 엘로이즈를 잊지는 않았을지라도, 그 남자에게 그 여자가 자신의 신앙적·학술적 정진 이상으로 중요한 것은 아니었다. 엘로이즈는 아벨라르에게 그저 희미한 옛정의 그림자였을 뿐이다.

그러나 엘로이즈에게 아벨라르는 그렇지 않았다. 그 여자에게 그 남자는 희미한 옛정이 아니라 한시도 잊을 수 없었던 남편이었다. 현존하는 정념이었다. 엘로이즈의 옛 상처에서

피가 흐르기 시작했다. 르 파라클레의 수녀원장은 이 "신앙과 고통으로 가득 찬 편지"를 읽자마자 격한 감정에 휩싸여 자신의 옛 스승에게, 아니 차라리 아버지에게, 자신의 남편에게, 아니 차라리 오라비에게 편지를 쓰기 시작한다. 《재앙 이야기》는 그 책의 저자가 의도하지 않았던, 그 저자와 그의 아내 사이의 서간 교환의 출발점이 된 것이다. 엘로이즈라는 이름을 문학사에 남게 한 《편지들》의 출발점이.

그 여자와 그 남자 사이에 오간 편지들이 오늘날까지 모두 남아 있지는 않다. 어떤 연구자들은 지금까지 전해져오는 그들 사이의 편지들 가운데 어떤 것은 조작됐을 것이라고 말하기도 한다. 어떤 이는 그 편지들 모두를 아벨라르가 썼을 것이라고 말하기도 하고, 또 어떤 이는 그 편지들 모두를 엘로이즈가 썼을 것이라고 말하기도 한다. 그러나 그들의 그런저런 주장에 정당한 이유가 있는 것은 아니다.

이 편지들 속에 그 메아리를 울리고 있는 두 사람의 아름답고 비극적인 사랑 이야기를 우리가 알고 있다면, 아벨라르에게 보내는 엘로이즈의 편지에 쓰라린 갈등이 발버둥치고 있는 것에, 그 갈등이 말 마디마디마다 짙게 배어 있는 것에 충분

아내

히 공감할 수 있다. 엘로이즈의 편지는 열정으로 그득 차 있다. 그녀는 10대의 엘로이즈로 남아 있다. 자신의 옛사랑의 모든 격정이 그녀의 펜 끝으로 되돌아온다. 그녀는 추억과 회한에 데어 있다. 그녀는 주저 없이 자신이 아벨라르의 노예라고 선언한다. 아벨라르는 그의 스승magister인데, 스승은 곧 주인 magister이기 때문이다. 그녀는 말한다: 내가 베일을 쓴 것은 하느님에 대한 사랑 때문이 아니라 한 남자에 대한 사랑 때문이라고.

그러나 아벨라르는 아벨라르로 남아 있지 않다. 그는 예전의 아벨라르, 정념에 불타오르던 그 아벨라르가 아니다. 그는 이제 단지 경건한 성직자일 뿐이다. 자신이 예전에 저지른 과오의 업보가 그리도 뚜렷한 것을 회한으로 여기며, 자신의 공범이자 희생자를 하느님의 품으로, 그 평화의 품으로 인도하려고 애쓰는 사제 말이다. 그의 편지는 부드러움으로 가득 차 있지만, 결코 연정의 편지는 아니다. 그는 침착하다. 그는 속세의 고뇌로 떨고 있는 이 젊은 여자의 영혼 안에다가 체념을 심으려고 한다. 하느님께의 귀의와 종교적 복종이 주는 평화와 위안의 기쁨을 가르치려고 한다. 그녀는 쉽사리 체념하

지 않는다. 영혼은 인간의 의지로 질식시킬 수 없는 것이라고
그녀는 불평한다. 그때의 영혼이란 정념의 다른 말일 것이다.
다섯 번째 편지에 이르러서야 그녀는 드디어 체념할 채비를 차
린다. 그러나 그녀는 자신의 영혼, 즉 정념의 운동을 억누르고
체념 속으로 투항하는 것도 결국 아벨라르에 대한 사랑 때문이
라고 강조한다. 이 편지들이 천 년에 가까운 세월을 견뎌내고
오늘날까지도 보편적 독자들의 마음을 때리고 있다면, 그것은
엘로이즈가 자신의 감정 표현에 부여한 이런 자발성 덕일 것이
다. 비록 라틴 문학자들이 이 편지들에서 발견하는 미덕이 그
런 감정 표현의 자발성이라기보다는 엄격하면서도 생동감 있
는 중세적 스타일의 아름다움이라고 하더라도 말이다.

　　그 뒤로 오간 편지들은 오직 종교적 계율과 신앙에 관한
것들뿐이다. 아벨라르는 르 파라클레의 수녀들이 자신이 속한
베네딕투스 교단의 규율들을 따라주기를 바랐고, 엘로이즈는,
이번에도 역시 아벨라르에 대한 사랑으로, 자신이 이끄는 수
녀들을 훌륭한 베네딕투스 교인으로 만든다. 그들은 이제 고
통과 비탄의 순간순간마다 하느님 안에서 구원을 찾는다. 편
지들은 성경에서 끌어내온 인용문들로 그득하다. 그것들이 중

세의 편지들이라는 것을 생각하면, 즉 인간과 신의 관계가 일상생활의 가장 자잘한 일에까지 영향을 끼쳤던 시대의 편지들이라는 걸 생각하면, 그건 한편으로 자연스럽기도 하다. 엘로이즈는 과연 체념했던 것일까? 경건한 종교적 율법들로 가득 찬 편지들을 자신의 스승이자 아버지와, 자신의 남편이자 오라비와 계속 주고받았던 것은 그런 체념 때문이었을까? 아마도 그렇지는 않았을 것이다. 그녀는 다만 아벨라르의 편지가 띠고 있는 권고와 조언이라는 외양을 통해서라도, 인간과의, 그녀가 사랑하는 사람과의 접촉을 맛보기를 원했을 것이다. 세상 사람 누구도 그 엄격한 고행과 애덕과 경건함을 의심치 않는 불세출의 학자–사제와 수녀원장 사이에 가능했던 유일한 접촉을 말이다. 샤토브리앙의 표현에 따르면 엘로이즈는 사랑하고 엘로이즈는 불처럼 뜨겁다, 그러나 바로 그곳에서 빙벽이 솟아오른다.

아벨라르로서는, 엘로이즈와의 염사 이후 이미 많은 세월이 흘렀다는 점 말고도, 사사로운—사사로운!—연애 감정에 젖어 있을 시간이 없었다. 그는 싸움꾼이었고, 싸움하는 데 쏟을 시간도 그에게는 충분치 않았다.

아내

엘로이즈와의 사랑이 린치에 의한 국부 절단으로 끝난 뒤 아벨라르는 생드니 수도원에 머무르며 계속 교편을 잡는다. 젊은 시절 자신의 스승 기욤 드 샹포를 논박하기 위해 기댔던 로슬랭과 맞서 싸우기 위해 이번에는 그 옛 스승으로부터 배운 변증법의 방법을 신학에 적용하려던 그의 시도는 1121년의 수아송 공의회에서 처음으로 유죄판결을 받았고, 그 결과 그의 논문〈신의 단일성과 삼위일체성에 대하여〉가 공개적으로 불살라졌다.

그러나 그는 두 해 뒤에《기독교 신학》을 씀으로써 그 불살라진 논문을 다시 옹호한다. 아벨라르는 이 책에서 믿음이라는 것은 이성의 빛에 의해 조회돼야 한다고 주장함으로써 고대 철학자들에 대한 자신의 열정을 재확인한다. 아벨라르에 따르면, 기독교의 본질적인 교의들은 고대 그리스의 사상가들에 의해 이미 그 단초가 마련돼 있었다. 그는 말 많은 삼위일체 문제를 다시 거론하고는 성 아우구스티누스 계통의 신플라톤 주의 사상에 기대어, 성부·성자·성신은 신적 존재의 세 속성들, 곧 전능·현명·지선으로 환원된다고 말한다. 이 속성들이 합쳐져서 신적 존재의 지고한 완성을 이룬다. 그리고 그 신적

아내

존재는 자신이 원하는 것을 할 수 있고, 자신이 최량이라고 알고 있는 바를 원한다는 것이 아벨라르의 주장이다. 아벨라르는 그렇게 해서 사벨리우스의 신위유일론神位唯一論에 빠져든다. 자신이 맞서 싸우려 했던 로슬랭의 '삼신론'과 마찬가지로 이단적이고, 그래서 교회로부터 유죄판결을 받은 바로 그 사벨리아니즘에. 신의 소명을 확신하고 있었던 아벨라르는 다른 무엇보다도 어떻게 신이 동시에 하나이면서 세 겹일 수 있는지를 보여주는 데 전념했고, 그것을 위해서는 이교도적 교리라는 혐의를 받고 있는 논리들을 끌어들이는 것도 개의치 않았다. 그러나 아벨라르를 자기 동시대 철학의 최고 자리에 올려놓는 것은 신학에다가 바로 이 변증법을 적용하려는 시도다. 미슐레의 약간 비양이 섞인 표현에 따르면 아벨라르는 "방황하는 변증법의 기사"였다. 변증법은 아벨라르에 따르면 오류로부터 진리를 구분하려는 작업이고, 비록 그것이 신학의 시녀이기는 하지만, 그것 없이는 누구도 기독교 교리의 적들을 쳐부술 수 없을 만큼 긴요한 것이다. 아벨라르의 변증법적 신학은 13세기 스콜라철학자들 사이에서 풍요로운 결실을 맺는다.

아내

1121년부터 1140년까지 아벨라르는 르 파라클레, 랭스, 파리의 수도원들을 전전하며 교직에 종사했다. 그가 끊임없이 옮겨다니지 않을 수 없었던 이유는 그의 논적들이 그에게 지닌 적대감이 계속 커졌기 때문이기도 하고, 그의 성격이 조바심이 많았기 때문이기도 하다. 이 시기의 가장 중요한 저작으로는 1122년경의 《찬성과 반대》가 꼽힌다. 아벨라르는 이 저서에서 성경을 비롯한 여러 텍스트들의 대조를 통해서, 기독교의 근간을 이루고 있다고 알려진 교리들의 모순을 들추어낸다. 이 작품 덕분에 피에르 아벨라르는 스콜라적 방법론의 창시자라는 칭호를 얻는다. 이것은 158개의 신학적 문제들과 관련해 성경과 교부와 공의회에서 인용한 구절들의 모음이다. 독자들은 서로 모순되는 텍스트들을 대조해가면서 그 가운데 어느 것이 가장 나은 신학적·종교적 해결책인지를 판단할 수 있다. 그러니까 이 책은 겉보기처럼 기독교 텍스트들 사이의 모순을 들춰내 회의주의를 부추기기 위해서 쓰인 책이 아니라, 그 모순들이 기독교도들에게 일으킬 수 있는 교리상의 혼란을 제거해 그들을 기독교의 참된 교리로 이끌기 위해서 쓰인 책이다. 이 책은 단순히 스콜라철학에 분석적 방법을 처음으

아내

로 도입했다는 점에서 평가받을 뿐만 아니라, 텍스트 비평과 문헌학의 원조로 꼽히기도 한다.

아벨라르의 집필욕은 끝이 없었다. 그리고 그의 철학적·신학적 탐구의 주제들은 오늘날까지도 낡지 않았다. 행위의 도덕적 가치를 분석한 《윤리학 또는 '너 자신을 알라'》같은 책의 주장은 아직까지도 형법학과 윤리학에서 되풀이되는 고전적 공안이다. 아벨라르는 이 책에서 대담한 주관주의자가 되어, 드러난 행위와는 분리되는 도덕적 양심에 최우선권을 부여한다. 아벨라르에 따르면 도덕적 행위는 그 자체로서 옳거나 그른 것이 아니라 단지 그 행위를 하는 자의 의도와 관련해서만 옳거나 그르다. 그렇다고 해서, 자유롭고도 필연적인 신적 의지가 구현하고 있는 객관적 규범, 즉 모든 사물의 그러므로 모든 인간 행위의 절대인絕對因인 객관적 규범을 아벨라르가 부정하는 것은 아니다. 그는 단지 우리들의 양심 속에 자리 잡은 이 규범을 우리들이 고의로 위반하려고 할 때 죄가 성립된다고 주장할 뿐이다. 그래서, 아벨라르에 따르면, 자신의 영혼이 이미 동의한 어떤 악행을 단지 어떤 외부적 상황에 의해 저지당한 사람은 그 행위를 한 것과 마찬가지로 죄를 지은 셈

아내

이고, 따라서 응당 벌을 받아야 한다. 최종심에서 중요한 것은 의도이지 바깥으로 드러난 행위가 아니다.

아벨라르는 이 원칙에서 도덕적 엄격주의를 끄집어내는 것이 아니라, 오히려 도덕적 엄격주의를 비판할 근거를 끄집어낸다. 그는 악을 향한 자연적인 즉 본성적인 경향을 비티움이라고 부르고 그러한 경향에 영혼이 동의하는 것을 페카툼이라고 불러 그 둘을 준별한다. 벌 받아 마땅한 것은 페카툼이지 비티움이 아니다. 자신이 하는 짓을 알지 못한 채 예수를 비난한 사람들에게 죄를 물을 수 없는 것은 그 때문이다. 선의를 지닌 인간은 그가 악을 향한 자신의 자연적 경향과 투쟁하기만 한다면 완전히 선한 삶을 살 수 있다. 그럴 경우에 악은 심지어 덕의 수단이 된다. 오직 주관적 양심 하나만을 모든 윤리적 문제에 대한 잣대로 삼음으로써 아벨라르는 당시의 전통주의자들로부터 격렬한 비난을 받았고, 특히 자신의 숙적인 샤르트르의 주교 생베르나르로부터 기독교도의 가장 위험스러운 적이라는 선고를 받았다.

이미 1131년에 르 파라클레에서 아벨라르를 만났던 생베르나르는 그 이후에도 수차례에 걸쳐 아벨라르를 면담했지만,

아벨라르는 자기 의견을 취소하지 않는다. 아벨라르는 자신의 주장을 상스 공의회에서 토론할 것을 요구했고, 상스 공의회에서 생베르나르로부터 이단이라는 비난을 받자 이번에는 교황에게 청원한다. 그러나 아벨라르가 로마로 갈 채비를 마무리할 무렵, 교황 이노센트 2세는 아벨라르에 대한 상스 공의회의 단죄를 추인한다. 클뤼니 수도원의 피에르 르 베네라블에게 도피한 아벨라르는 드디어 몸을 숙여 자신의 과오를 인정하고 생베르나르와 화해한다. 그는 그로부터 2년도 채 못 돼 죽는다.

그의 이 마지막 시기에, 기독교도로서의 아벨라르의 정체성을 다시 확인시키는 《유대교도, 철학자, 기독교도 사이의 대화》가 집필된다. 대화의 형식을 취했다는 점에서 플라톤의 저서들을 연상시키는 이 책에서 아벨라르는 기독교가 다른 모든 진리들을 포함하는 총체적 진리이며, 한편으로는 이성이, 그리고 또 한편으로는 유대교가, 기독교를 부분적으로밖에는 포착할 수 없다는 것을 보여주고자 한다. 오직 크리스트만이 인간에게 진정한 행복을 줄 수 있는 이유는, 철학자들이 지지하는 자연법을 그분이 가르치기 때문이고, 유대교도들이 지키는

아내

모세의 율법을 그분이 완수하기 때문이다.

논쟁적 삶을 통해서 동시대인들로부터 사랑보다는 미움을 더 받았던 아벨라르는 무덤 속에서도 숱한 구설에 올랐다. 어떤 사람이 보기에 그는 단지 거만한 소피스트, 형편없는 추론자, 별 볼일 없는 시인, 힘없는 웅변가, 피상적인 박식가, 버림받은 신학자였을 뿐이다. 또다른 평가에 의하면 그는 로슬랭의 거친 유명론 속에서 자신의 모호한 개념론을 부화시킨 소피스트였을 뿐이었다. 그러나 그는 어쨌든 12세기 전체의 사상에 깊은 영향을 끼쳤다. 투명하고도 격정적인 정신, 명징성에 대한 사랑, 이성에 기대려는 욕구를 통해서 그는 단지 논리학과 철학에 경신을 일으켰을 뿐만 아니라, 신학 자체에 예외적인 활력을 부여했다. 수세기 동안 잊혀졌던 아벨라르를 부활시키는 데 결정적 공헌을 한 19세기의 프랑스 철학자 빅토르 쿠쟁에 따르면 아벨라르는 12세기의 데카르트다. 지난 세기에 그를 연구한 많은 문헌학자·철학자들은 그에게서 자유사상과 합리주의의 원형을 발견했다. 하기야 아벨라르의 후견인이었던 피에르 르 베네라블도 아벨라르를 "프랑스의 소크라테스, 서방의 숭고한 플라톤, 우리들의 아리스토텔레스"라고 격찬하며

아내

이성의 인간으로서의 아벨라르를 부각시키기도 했다.

그러나 아벨라르는 근본적으로 논리의 인간이라기보다는 믿음의 인간이었다. 그의 만년의 저서《유대교도, 철학자, 기독교도 사이의 대화》가 그걸 증명하고 있기도 하거니와, 그는 엘로이즈에게 보낸 한 편지에서 "나는 성 베드로에게 반박하면서 철학자가 되고 싶지도 않고, 나를 크리스트와 분리하면서 아리스토텔레스가 되고 싶지도 않소"라고 쓰기도 했다. 중세철학의 권위자였던 에티엔 질송이 아벨라르에 대해 내린 판결은 간결하고 함축성 있다: "그의 라이벌인 생베르나르를 심문해보자. 그러면 우리들은 그 둘이 그렇게 절대적으로 다른 사람이 아니라는 걸 알게 될 것이다." 자유사상가로서의 아벨라르의 전설은 골동품 가게에다가 처박아두어야 한다는 얘기다.

어쨌든 아벨라르는 사랑보다는 미움을 더 받으며 죽었다. 1142년 아벨라르가 죽자 엘로이즈는 피에르 르 베네라블에게 자기 남편의 시신을 달라고 요구해, 르 파라클레에 묻었다. 아벨라르의 최고의 적이었던 생베르나르까지도 매혹시켰을 정도로 아름다움과 살가움과 배움으로 무장돼 있었던 이 여자는 그 뒤로도 오직 남편만을 생각했다. 그녀가 베일을 쓴 것은 오직 한 남자에 대한 사랑 때문이었고, 아름다움과 살가움과 배움을 넘어서 그녀를 강박하고 있었던 것은 위대함이라는 이상理想, 낭만적 사랑이라는 지고지순한 중세적 이데올로기였기 때문이다. 22년 뒤에 그녀도 같은 묘지에 묻혔다. 나폴레옹 1세의 집권기에 그들의 유해는 페르라셰즈로 옮겨졌다. 아벨라르와 엘로이즈의 아들인 아스트롤라브에 대해서는 그다지 많은 것이 알려져 있지 않다. 그는 브르타뉴에서 아벨라르 가족에 의해 양육됐다. 아벨라르가 죽었을 때, 엘로이즈는 아스트롤라브를 피에르 르 베네라블에게 추천했고, 피에르 르 베네라블은 엘로이즈에게 그녀의 아들을 성직으로 인도하겠다고 약속했다는 점까지만 알려져 있을 뿐이다.

르 파라클레 수도원에 묻혀 있던 아벨라르와 엘로이즈가 왜 페르라셰즈로 이장돼야 했을까? 그 이유는 아벨라르와 엘로이즈의 스토리에 속하는 것이 아니라 페르라셰즈의 스토리에 속하는 것이다.

파리는 일곱 개의 언덕으로 둘러싸여 있다. 몽마르트르,

아내

몽수리, 몽파르나스, 메닐몽탕, 샤요, 뷔트오카유, 샹레베크가 그 일곱 개 언덕이다. 지금의 페르라셰즈 자리인 샹레베크는, 주교의 들판이라는 뜻의 그 이름이 가리키듯, 주교의 소유였다. 이 언덕은 17세기에 제수이트 교단의 소유가 되었고, 제수이트 교단은 루이 14세의 환심을 사기 위해서 이 언덕의 이름을 몽 루이 즉 루이의 산으로 고쳤다. 이 언덕이 페르라셰즈로 불리기 시작한 것은 루이 14세의 고해신부인 프랑수아 드 라셰즈 신부가 이 언덕에 거처하며 프랑스의 정치에 막강한 영향력을 행사하면서부터다. 제수이트 교단이 이 언덕에 대한 소유권을 포기한 뒤에도 이 언덕은 줄곧, 오늘날까지도, 페르라셰즈라고 불리고 있다.

이 언덕에 공동묘지가 생기게 된 직접적 계기는 프랑스대혁명이다. 공포정치 시절에 죽어나간 그 많은 사람들을 묻을 곳이 파리에는 없었다. 길거리에 포개진 시체에서는 악취가 났고, 그 시체들 탓에 생긴 돌림병은 더 많은 시체를 만들었다. 제1집정관 시절부터 이 문제를 심각하게 생각하고 있던 나폴레옹 보나파르트는 쿠데타를 통해 전제정치 확립에 성공하자 파리 지사 니콜라 프로쇼에게 '근대적이고 위생적인' 묘지를

아내

건설하라고 명령했다. 묘지 터를 물색하던 프로쇼에게는 페르라셰즈로 알려진 공원이 가장 적당한 장소로 생각됐고, 그래서 그 언덕의 소유주인 루이 바롱데퐁텐으로부터 페르라셰즈를 사 묘지를 건설하기 시작했다. '동쪽 묘지'라는 이름을 얻은 이 묘지는 공화력 12년 프레리알 1일, 즉 1804년 5월 21일 문을 열었다. 나폴레옹은 그 개막식에서 자기 부하들과 자신이 앞으로 묻힐 장소를 지정하기까지 했다.

그러나 파리 시민들은 처음엔 가족들을 이 묘지에 묻기를 꺼렸다. 전통적 장례 행렬을 치르기에는 묘지가 시내 중심에서 너무 멀리 떨어져 있다는 것이 가장 큰 이유였다. 나폴레옹은 파리 시민들의 마음을 돌리기 위해 어떤 조처를 취할 필요가 있다는 것을 느꼈다. 그는 프랑스 곳곳에 묻혀 있던 저명한 인물의 유해를 페르라셰즈로 이장하기로 했다. 그렇게 해서, 몰리에르, 라퐁텐, 보마르셰 그리고 우리들의 엘로이즈와 아벨라르 등의 유해가 페르라셰즈로 이장됐다. 그런데도 파리 시민들의 망설임은 여전했다. 시민들의 마음이 돌아서기까지는 한 탁월한 소설가의 기발한 아이디어가 필요했다. 그가 바로 발자크였다. 당대의 가장 뛰어나고 유명한 소설가였던 발

아내

자크는 자기 소설 속의 인물들 여럿을 페르라셰즈에 묻었을 뿐만 아니라 그 장례식 장면들을 묘사하며 페르라셰즈의 풍치를 너무나 아름답게 그려놓아서, 파리 시민들은 그의 소설이 출판될 때마다 과연 페르라셰즈가 그리도 아름다운지를 보기 위해 묘지를 방문했던 것이다. 그리고 그들은 발자크의 묘사가 거짓이 아님을 확인했다. 발자크 자신도 그곳에 묻혔다.

페르라셰즈는 또 전투의 장소이기도 했다. 1814년에는 파리까지 쳐들어온 러시아군과 프랑스군과의 전투가 묘원 한가운데서 벌어졌다. 1830년 7월 혁명 때도 정부군과 혁명군의 싸움이 페르라셰즈에서 벌어졌다. 1871년의 파리코뮌 때는, 지금은 '코뮌 전사들의 벽'이라고 불리는 벽 앞에서 147명의 코뮌파 전사戰士가 재판 없이 정부군에 의해 총살되었다. 이런 전투들은 페르라셰즈에 묻힌 시체들의 수를 점점 늘렸다. 19세기 중엽에 창궐했던 콜레라도 시체의 수를 늘렸다. 1889년에는 묘지 중앙에 화장터가 설치됐다. 그러나 1963년 프랑스 가톨릭 교회가 마지못해 화장을 허락하기까지는 이 화장터를 사용하는 사람은 거의 없었다. 1962년에 문화부 장관 앙드레 말로에 의해 풍치 지구로 지정되기도 한 페르라셰즈는 파리의

아내

가장 아름다운 공원 가운데 하나다. 거기에 오귀스트 콩트, 뱅자맹 콩스탕, 프레데리크 쇼팽, 리처드 라이트, 폴 엘뤼아르, 시도니가브리엘 콜레트, 앙리 드 생시몽, 임레 너지, 외젠 들라크루아, 제라르 드 네르발, 제임스 드 로스차일드, 페르낭 브로델, 마리아 칼라스, 이사도라 덩컨, 마르셀 프루스트, 알프레드 뮈세, 에디트 피아프, 이브 몽탕, 시몬 시뇨레, 아메데오 모딜리아니, 오스카 와일드, 조르주 비제, 기욤 아폴리네르, 레몽 라디게, 장 드 라퐁텐, 막스 에른스트, 알퐁스 도데, 짐 모리슨 같은 사람들이 묻혔다. 지금 페르라셰즈에 묻혀 있는 사람들 가운데는 엘로이즈와 아벨라르보다 8백 살쯤 아래인 사람도 있고, 엘로이즈와 아벨라르가 살았던 땅에서 수만 리 떨어진 곳에서 태어난 사람도 있다. 한국의 화가 이응로 같은 이가 그 두 경우에 다 해당되는 사람이다.

아내와 나는 엘로이즈와 아벨라르의 무덤 앞에서 30분쯤 머물렀다. 엘로이즈와 아벨라르와 마담 두드토와 루소에 대해서 얘기하며. 사랑과 치정에 대해서 얘기하며. 가족과 일과 집과 돈에 대해 얘기하며. 우리는 죽음에 대해서는 얘기하지 않

았다. 비가 흩뿌리기 시작했으므로, 우리는 카페를 찾아 페르
라셰즈를 나섰다.

아내

아름

1982년 10월 22일 서울대학병원에서 태어난 사내아이의 이름. 그 이름은 흔히 아름이라는 이름이나 아람이라는 이름과 혼동되지만, 그 이름들 사이의 의미 관련은 형태적 유사성처럼 크지 않다, 라기보다는 전혀 없다. 우선 아름은 양팔을 펼쳐 껴안았을 때의 둘레의 길이를 말한다. 꽃을 한아름 들고 오다, 세 아름이나 되는 느티나무, 아름드리 기둥 따위의 표현에서 보이는 그 아름이다. 이 말은 동사 안다와 관련이 있다. 안다의 명사꼴 안음에서 ㄴ소리가 ㄹ소리로 변한 것이다. 일종의 활음조현상이다. 그리고 아람은 밤이나 상수리 따위가 나무에 달린 채 저절로 충분히 익은 상태, 또는 그 열매를 뜻한다. 이 말은 아마도 알밤이 변한 형태일 것이다.

이에 반해 아롬은 동사 알다의 명사꼴 앎의 중세적 형태다. 모두 다 알다시피 15세기를 전후한 한국어에서는 동사를 명사꼴로 만들 때 요즘처럼 어간에다가 그저 명사형 어미 'ㅁ'이나 거기 조음소를 첨가한 '음'을 붙이는 것이 아니라, 그 둘 사이에 삽입모음 ㅗ나 ㅜ를 끼워 넣었다. 그러니 알다의 명사형이 지금처럼 앎이 아니라 아롬이었던 것이다. 그런데, 중세 한국의 문헌에서 아롬이라는 말은 한자 지知에 대응할 뿐만 아니라 각覺이나 오悟에 대응하기도 했다: "키 아로미 갓가바리라"(크게 깨달음이 가까우리라, 즉 대오근의大悟近矣). 그러니까 아롬은 앎이기도 하고 깨달음, 깨어남이기도 한 것이다.

사실, 앎 자체가 깨어남이기도 하다. 예컨대 불교에서 말하는 부처, 즉 붓다는 '(무엇을) 아는 사람'이라는 뜻과 함께 '깨달은 사람' '깨어난 사람'이라는 뜻도 지니고 있다. 그 말을 파생시킨 산스크리트어의 동사 어간 '붓드'가 알다의 뜻과 깨어나다의 뜻을 함께 지니고 있었던 것이다. 아롬이라는 말과 부처라는 말은 우연히도 그 뜻이, 그 뜻의 부챗살이 꼭 맞게 포개져 있다. 범상한 아이의 이름으로선 지나치게 어마어마한 셈이지만, 그러나 깨달음을 향한 노력은 범상한 사람도 할 수 있고 또 때때로 해야 하는 것이므로, 나는 그저 그 이름을 가진 아이가 깨어나려고 노력하는 범상한 사람이 되길 바란다.

아룸

아름답다

————————

토박이말이 대부분 그렇듯이 아름답다의
어원도 확실한 것은 아니다. 아름답다는 중세 문헌에서 주로
아룸답다의 형태로 나타난다. 중세어 아룸에 현대어 아람치라
는 뜻이 있어서, 즉 내 것·내 차지라는 뜻이 있어서, 아름답다
는 본디 내 것답다라는 뜻이었다는 해석이 한때 있었다. 그러
나 더 믿을 만한 해석은 아름답다의 아름이 앎의 대상을 뜻한
다는 해석이다. 그 해석에 따르면 아름답다는 것은 앎의 대상
답다는 뜻이다. 다시 말하면 앎에 값한다, 알 값어치가 있다는
뜻이다. 가치의 의미를 함축하고 있는 접미사 답다는 대체로
체언 뒤에 붙어서 그 체언의 특성을 지니고 있다는 뜻의 형용

사를 만든다. 참답다, 예답다, 꽃답다, 정답다, 사나이답다 같은 말에서 그 답다가 보인다.

한국어 아름답다가 동사 알다와 관련이 있다는 사실은 유럽이나 서남아시아의 어떤 언어들에서 알다라는 말이 육체적 관계를 맺다라는 의미로 사용된다는 점을 연상시킨다. 예쁘다, 아리땁다, 곱다 등 비슷한 뜻을 지닌 말들이 여럿 있지만, 아름답다는 미美를 뜻하는 가장 일반적인 한국어다.

아름답다

아침

1986년 2월 18일 서울 강남병원에서 태어난 사내아이의 이름. 아침이라는 이름은, 내 생각으로는, 그 아이의 한국인으로서의 정체성을 나타낸다. 조선이라는 이름, 아사달이라는 이름의 그 아침이므로. 말하자면 고요한 아침의 나라의 그 아침이므로.

우리 민족의 기원에 대한 아주 속류적인 해석에 따르면 한민족의 원거주지는 중앙아시아 어디다. 헤아릴 수도 없을 정도로 오래된 옛날, 우리들의 조상은 그 원거주지로부터 동으로, 동으로 거대한 이주를 계속해 마침내 한반도에 이르렀다. 동쪽으로 이주했다는 것은 해를 찾아 이주했다는 뜻이고, 해를 찾아 이주했다는 것은 아침을 향해, 그리고 내일을 향해 이주했다는 뜻이다. 동쪽은 해가 뜨는 곳이고, 해가 뜨면 아침이자 내일이니 말이다. 일본어의 아시타나 독일어의 모르겐이나 스페인어의 마냐나가 아침을 뜻하면서 내일을 뜻하는 것은 물론이지만, 내일을 뜻하는 영어의 투모로우나 불어의 드맹도 그 어원은 아침에 있다. 이것은 다른 많은 언어에서도 마찬가지다. 되풀이하자면, 옛사람들의 생각으로는 해가 떠서 아침이 되면 내일이었을 테니. 그 해가 뜨는 곳, 그 아침의 땅이자 내일의 땅이 바로 조선이었고 아사달이었다. 그러니 아침이라는 이름은 미래의 상징이기도 하다. 정리하자. 아침이라는 이름은 아주 예전에 우리 민족(의 정주지)을 일컫던 아사달의 아사이고 조선이 뜻하는 고요한 아침의 아침일 뿐만 아니라, 내일의 이름이고 미래의 이름이다.

아침

애서다

_____

아이가 태 안에 생기다. 아이를 배다. 아이
가 선다는 것은 배 속에 아이가 생긴다는 뜻이다. 즉 임신한다
는 뜻이다. 임신하는 것을 몸가지다라는 동사로도 표현한다.
몸가지다에는 달거리하다의 뜻도 있다. 아이를 배어 배가 부
른 여자를 배재기라고 한다. 아이를 낳는 것은 몸푼다, 즉 몸을
푼다고 한다.

애틋하다

───────────

모든 그리움의, 그러므로 모든 사랑의 밑
감정.

얼다

중세어로 교합하다, 성교하다, 결혼하다의 뜻이다. 아마 고대어에서도 마찬가지였을 것이다. 그것이 물이 굳어져 고체가 되다라는 뜻의 얼다와 어원이 같은지는 확실치 않다. 그러나 그 두 가지 의미 사이에는 또렷한 상관성이 있어 보인다. 조선조 중엽 때 사람 임제가 기생 한우寒雨와 주고받은 시조는 얼다의 이 중의성을 이용해 재치를 한껏 뽐내고 있다. 임제가 평양길에 기생 한우를 만나 그녀와의 술자리에서 노래한다.

북천北天이 맑다커늘 우장 없이 길을 나니

산에는 눈이 오고 들에는 찬비로다
오늘은 찬비 맞았으니 얼어 잘까 하노라

찬비는 임제가 실제로 맞았을지도 모를 차가운 비이기도
하지만, 기생 한우의 이름이기도 하다. 찬비를 맞았으니 얼어
자겠다는 것은 춥게 자겠다는 뜻도 되지만 한편으로는 찬비와
즉 한우와 잠자리를 같이하겠다는 얘기이기도 하다. 한우가
이에 화답한다.

어이 얼어 자리 무삼 일 얼어 자리
원앙침 비취금을 어디 두고 얼어 자리
오늘은 찬비 맞았으니 녹아 잘까 하노라

역시 동사 얼다와 자기 이름 찬비寒雨의 중의성을 이용한
재담시다. 얼다와 찬비의 중의성 때문에, 자신이 임제와 잠자
리를 함께하겠다는 것인지 못 하겠다는 것인지가 모호하다.
얼어 잔다는 것이 이 맥락에서 상반된 뜻 두 가지를 지닌 만큼,
얼어 잔다의 대응어로 쓰인 녹아 잔다는 것도 그에 따라 상반

얼다

된 뜻 두 가지를 지니게 된다. 그날 밤 두 사람이 잠자리를 함께 했는지의 여부는 기록에 남아 있지 않다.

현대어의 동사 어우르다, 어울리다가 교합하다라는 뜻의 동사 얼다와 관련이 있는 것은 분명하다. 얼다의 사동형인 얼우다, 얼이다는 시집보내다, 장가보내다의 뜻이었다. 얼우다에는 또 아양부리다, 아첨하다의 뜻이 있었던 것이 재미있다.

백제의 30대 왕인 무왕이 어린 시절 신라 진평왕의 셋째 딸인 선화공주와 혼인할 요량으로 직접 지어 신라의 아이들에게 퍼뜨렸다는 향가 〈서동요〉에도 동사 얼다의 흔적이 보인다. 무애 양주동의 역문에 따르면 〈서동요〉의 전문全文은 이렇다.

선화공주善化公主니믄
놈 그스지 얼어 두고
맛둥바올
바미 몰안고 가다

셋째 행의 맛둥은 무왕의 어린 시절의 이름 서동薯童을 무애가 우리 토박이말로 읽은 것이다. 그 뒤에 덧붙은 바올의 방은, 역시 무애의 설명에 따르면, 사람 또는 남자의 뜻을 지닌 접미사인데, 현대어에도 뱅이의 형태로 남아 있다. 게으름뱅이, 비렁뱅이, 주정뱅이의 뱅이가 그것이다. 그러나 홍기문에 따르면 단단한 근거 없이 서동이라는 고유명사를 맛둥이라는 토박이말로 옮겨 읽는 것은 옳지 못하다. 그리고 무애가 방으로 읽은 원문의 방房도 집으로 읽어야 옳다. 그 근거를 홍기문은 그의 《향가 해석》에서 자세히 설명하고 있지만 우리는 이쯤에서 멈추자. 맛둥방이든 서동薯童 집이든 무왕의 젊은 시절의 이름이다. 이 노래를 홍기문은 이렇게 읽었다.

선화공쥬니믄
놈 그스기 얼어 두고
셔동 지블
바므란 안고 가다

양주동의 그스지나 홍기문의 그스기는 비밀리에의 뜻이다. 현대어 그윽이에 형태적으로 대응한다. 그러니 이 시는 현대어로

얼다

선화공주님은

남몰래 시집가서

서동이를

밤이면 안고 가다

의 뜻이다. 이 옮김은 나의 것이 아니라 홍기문의 것이다. 홍기
문은 얼어 두고를 시집가서라고 짐짓 점잖게 옮겼으나, 실상
은 통정通情했다는 뜻일 것이다. 어쨌든 서동은 이 시를 퍼뜨림
으로써 선화공주가 자신과 그렇고 그런 사이라는 것을 기정사
실로 만들어버렸다. 그리고 그는 이런 염문 때문에 선화공주
가 귀양을 가게 되자, 호위를 구실로 공주를 따라나서서 마침
내 그녀와 결혼하는 데 성공했다. 참 맹랑한 놈이다.

얼다

외로움

쓸쓸한 느낌. 고독한 느낌.

외가 들어간 말들은 대체로 외롭다. 그 외는 홀로 있음을 뜻하기 때문이다. 외톨이가 그렇고, 외바퀴가 그렇고, 외나무다리가 그렇고, 외짝 신발이 그렇고, 외손뼉이 그렇고, 외아들이 그렇고, 외딴방·외딴섬·외딴길·외딴집이 그렇고, 외기러기가 그렇다. 사랑은 외로움을 치료하는 행위이지만, 자주, 더 큰 외로움을 낳는다.

은근짜

———

은군자隱君子. 숨어 사는 군자. 은근짜의
짜는 아마 타짜, 몽짜의 그 짜일 것이다.

임

사모하는 사람을 뜻하는, 그러나 그다지
널리 쓰이지는 않는 현대어 임은 중세어 님이 변한 것이다. 고
대어에서도 동일한 형태였으리라고 짐작되는 중세어 님은 현
대어 임의 뜻 외에 임금·주인이라는 뜻도 지니고 있었다. 사
실 그것이 일차적인 뜻이었을 것이다. 님 또는 임이 마땅히 지
닐 법한 애틋한 울림은 송강 정철의 미인곡 연작으로 대표되는
구역질나는 어용 가사문학과 일부 시조문학에 의해 거의 잦아
들어버렸다. 셜온 님 보내ᄋᆞᆸ노니 가시ᄂᆞᆫ 듯 도셔 오쇼셔라는 행
을 포함한 〈가시리〉를 비롯해 몇몇 빼어난 연애시에 의해서 님
또는 임이라는 말의 품격이 겨우 유지되고 있다. 새로 사귄 애

인이나 새 남편을 새임이라고 한다.

임

입맞춤

맨 처음으로 해본 입맞춤이 생각난다. 그
입술의 소금기가. 그 아이도 그 입맞춤을 기억하고 있을까? 이
입술을 기억하고 있을까?

젖꽃판

젖꼭지 둘레의 가무스름하고 동그란 자리.
유륜乳輪. 욕망의 사이클로이드.

제미붙을

제 어미에 붙을. 동사 붙다는, 속어로, 여자
와 남자가 성적 관계를 갖는다는 뜻이다. 붙다를 붙어먹다라
고도 한다. 유럽 언어들에도 제미붙을과 똑같은 의미를 지닌,
그러니까 어머니와 자식 간의 성적 관계를 곧이곧대로 표현하
는 욕이 수두룩하게 있다. 근친상간 중의 근친상간이라 할 어
미와 자식의 상간은 오래도록 신화와 문학의 한 소재가 돼왔
다. 그것은 최고의 금기였고 상상력은 금기를 금기시하므로.
　인류에게도 어미와 자식이 붙었던 시기가 있었다. 그것이
군혼의 첫 단계다. 그 시기에는 모두가 오이디푸스였고 모두
가 요카스테였고 모두가 안티고네였다. 별로 미덥지 않은 속

설에 따르면 한국어 마누라와 며느리가 동일한 닿소리들을 공유하고 있는 것은, 그러니까 그 형태가 비슷한 것은, 이런 군혼의 초기 형태의 산물이다. 마누라와 며느리의 어원이 같다는 뜻이다. 그 시절에는 마누라가 곧 며느리였을 테니까. 되풀이하자면, 이 민간 어원은 별로 믿을 만한 구석이 없는 것이다.

군혼의 다음 단계는 최소한 어미와 자식 간에 붙는 것은 금기시했던 혈연가족 시대다. 그러니까 혈연가족이란 세대를 뛰어넘어서는 붙을 수가 없지만 같은 세대 안에서는 마음대로 붙을 수 있었던 시기의 가족이다. 혈연가족에서는 친오누이끼리만이 아니라 4촌오누이, 6촌오누이, 8촌오누이, 10촌오누이…… 등 짝수로 나가는 동세대의 모든 오누이끼리붙을 수가 있었다. 즉 그들은 서로 부부들이었다. 그리고 이들 공동 남편, 공동 아내들은 또 동시에 모두 형제자매이기도 했다. 그러니, 그들 사이의 정情은 사랑이기도 하고 의초이기도 하였다.

부모와 자녀가 붙는 것을 금기시한 혈연가족에 이어서 출현한 가족 형태는 거기에 더해 오누이가 붙는 것을 금기시한 푸날루아가족이다. 그 금기의 범위는 친오누이에서 시작해 점

제미붙을

차 방계의 오누이로 확대되었다. 그러나 친자매들 또는 촌수가 먼 자매들은 여전히 공동 남편들의 공동 아내였고, 친형제들 또는 촌수가 먼 방계 형제들은 여전히 공동 아내들의 공동 남편이었다. 그리고 이런 공동 남편들은 이제 서로를 형제라고 부르지 않고 '친밀한 동무'라는 뜻의 푸날루아라고 불렀다.

푸날루아가족의 다음 단계는 대우혼가족이다. 이 시기에도 전 시기처럼 여자와 남자는 여전히 자유롭게 붙었지만, 한 여자와 한 남자가 얼마쯤은 지속적으로 붙었다. 즉 지속적으로 대우 관계를 지니고 있었다. 말하자면 한 여자에게는 자기의 많은 남편들 가운데 그래도 주된 남편이 있었고, 한 남자에게도 마찬가지로 자기의 많은 아내들 가운데 그래도 주된 아내가 있었다. 이때까지가 원시 공산 사회였다. 생산력의 발달에 따른 사유재산제도의 발생 즉 계급의 발생이 모든 것을 뒤바꾸어놓아버렸다.

생산력의 발달은 재화를 풍부하게 만들었고, 힘센 남자는 더 많은 재화를 차지했으며, 그에게는 자신의 재화를 물려줄 자식이 필요했다. 자기의 진짜 자식이. 그런데 대우혼 제도의 자식은 혈통이 불확실하다. 그녀가 그의 주된 아내라고 하더

제미붙을

라도, 그녀에게는 여전히 다른 남편들이 있었기 때문이다. 그녀의 주된 남편인 그에게 여전히 다른 아내들이 있었던 것처럼. 그래서 힘세고 부유한 그가 그녀에게 말한다: "앞으로 너는 나만의 아내고 나는 너만의 남편이다(이 선언의 뒷부분이 반드시 솔직했는지는 알 수 없다). 무슨 말이냐 하면 너는 나하고만 붙고 나도 너하고만 붙는다. 그리고, 아니 그러니, 앞으로 태어날 우리들의 아이는 우리들만의 아이다. 나는 그 아이에게 이 땅과 집을 물려주겠다." 드디어 일부일처제가 탄생했다. 그것이 뜻하는 것은 모권제의 전복이었다. 이 인류사적 사건을 엥겔스는 이렇게 풀이한다: "일부일처제의 확립과 모권제의 전복은 여성의 세계사적 패배였다. 남자는 가정에서도 권력을 장악했다. 여성은 남성의 노예로 전락했다. 남자의 정욕을 채워주고 남자의 아이를 낳아주는 노예로."

일부일처제의 의미는 여성에게와 남성에게 전혀 달랐다. 말하자면 그것은 여성에게는 일부일처제였지만, 남성에게는 실질적으로 일부다처제였다. 그는 그녀의 성을 독점했지만, 그녀는 그의 성을 독점하지 못했다는 뜻이다. 그는 그녀보다 힘이 셌으므로. 재산은 그의 것이었으므로. 엥겔스는 오랜 역

제미붙을

사를 지닌 이 사이비 일부일처제가 진정한 일부일처제가 되는 것은 생산수단이 사회화되고 임금노동, 무산계급, 매매춘이 사라질 미래의 공산주의 사회에서라고 생각했지만, 글쎄, 그렇다면 진정한 일부일처제란 무망한 것이군.

군혼群婚, 난혼亂婚, 잡혼雜婚 따위와는 무관하지만, 제미 붙을과 관련해서 짚어볼 만한 것은 고대와 중세 한국의 근친혼이다. 족외혼族外婚이 원칙이었던 고구려·백제와는 달리 신라에서는 족내혼族內婚이 성행했고, 특히 왕족과 귀족 사회에서는 아주 폐쇄적인 계급혼인 근친혼이 지배적인 관행이었다. 골품제도라는 원시적 계급제도를 보전하기 위한 수단이기도 했던 이 근친혼 제도하에서 예컨대 신라의 성골 계급 남녀는 어미-자식과 친남매 사이만 제외하고는 아무리 가까운 혈연관계가 있는 대상일지라도 그녀와 또는 그와 결혼하는 것이 가능했고, 또 되도록 가까운 친척과 결혼하는 것이 원칙이었다. 이복 누이와 이복 오랍 동생이 붙고, 이모와 조카가 붙고, 사촌과 사촌이 붙었던 것이다. 사정은 고려의 왕실에서도 달라지지 않았다.《고려사》는 고려 왕실에서 있었던 예순세 쌍의 근친혼을 기록하고 있는데, 그 가운데 배다른 오누이 사이에 붙은 경

223

제미붙을

우가 무려 열 쌍이다. 왕실뿐만 아니라 민간에서도 근친혼이 성행했다. 이 근친혼은 고려 후기에 와서 법적으로 억제되기 시작했고, 주자학이 판을 치던 조선조에 와서는 동성동본 불혼으로까지 강화됐다. 그것은 극우에서 극좌로, 또는 극좌에서 극우로 선회한 것이라 할 만하다. 극과 극은 통한다. 세상에! 한때는 배다른 오누이끼리도 붙던 세상이, 이젠 아무 혈연이 없는 사람들끼리도 단지 본이 같다는 이유만으로 붙을 수가 없는 세상으로 변하다니(2005년 민법 개정으로 동성동본 금혼 제도는 폐지되었다-편집자).

제미붙을

즐김

동사 즐기다의 명사형. 사랑을 포함한 삶의 궁극적 목표. 그러나 복받은 자만이 도달할 수 있는 목표. 무언가를 즐기고 있는 마음의 상태는 즐겁다.

동사 즐기다에서 형용사 즐겁다를 거쳐 동사 즐거워하다에 이르는 변증법적 과정은 그리다에서 그립다를 거쳐 그리워하다에 이르는 변증법적 과정과 이형동질이다. 아니, 이질동형이다. 그것은 내적/외적 표현의 상태가 내적 새김 또는 삭임의 상태로 침잠했다가 그것이 넘쳐흘러 다시 외적 표현의 상태로 지양되는 과정이다. 내적/외적 동작이 내적 상태로 움츠러들었다가 그 내적 상태가 긴장의 극점에 이르렀을 때 외적 동작으로 장엄하게 전화된다. 한국어는 이와 똑같은 양태의 변증법을 보여주는 낱말의 무리들을 여럿 보듬고 있다. 예컨대 아끼다/아깝다/아까워하다, 믿다/미덥다/미더워하다, 웃다/우습다/우스워하다, 놀라다/놀랍다/놀라워하다, 반기다/반갑다/반가워하다, 배곯다/배고프다/배고파하다, 밉다/미쁘다/미뻐하다, 앓다/아프다/아파하다, 슳다(중세어)/슬프다/슬퍼하다, 깃다(중세어)/기쁘다/기뻐하다 따위가 그렇다.

섧다/서럽다/서러워하다나 굳다/구덥다/구더워하다 따위의 예는 그 출발점이 상태라는 점에서, 즉 형용사에서 시작한다는 점에서 앞의 예들과는 조금 다르다. 또 간질이다/간지럽다/간지러워하다나 물다/무럽다/무러워하다 따위의 예는 비록 동작에서 출발했다고 할지라도, 정-반의 단계에서 주체가 바뀐다는 점에서, 즉 간질이다와 간지럽다의 주체가 다르다는 점에서, 역시 즐기다/즐겁다/즐거워하다 유형과는 다르다.

즐김

짜릿하다

순간적으로 몸이 옴츠러질 만큼 자리다.
감전된 것처럼. 모든 사랑이 그런 것은 아니지만, 어떤 사랑은
짜릿하게 다가온다.

함치르르

———————

고르게 윤이 있고 고운 모양. 함치르르한 검은 머리는 매초롬한 몸매와 함께 섹시함의 보수적 기준이 다.

허우룩하다

서운하고 허전하다. 그녀가 그를, 그가 그
녀를, 그녀가 그녀를, 그가 그를 떠나야 했을 때처럼.

호년

　　이 년 저 년 하고 년자를 붙여 여자를 부르
는 것을 호년이라고 한다. 호년은 때때로 경멸을 함축하고 때
때로 정情을 함축하지만, 그 둘이 항상 명확히 구분되는 것은
아니다. 그것은 때로는 정을 가장한 경멸이고, 경멸을 가장한
정이다.

홀어미

홀어미의 홀은 짝이 없음, 하나뿐임 따위
의 뜻을 지닌 접두사다. 그 홀은 홀어미의 대응어인 홀아비를
비롯해서, 배우자나 형제가 없는 사람을 뜻하는 홀몸, 무정란
을 뜻하는 홀알, 살림살이를 혼자 꾸리는 처지를 뜻하는 홀앗
이 같은 말들에서 발견된다. 그것에 대응하는 접두사는 핫이
다. 접두사 핫은 배우자를 갖춘 상태를 의미한다. 핫어미는 남
편이 있는 여자를 뜻하고, 핫아비는 아내가 있는 남자를 뜻한
다. 그러니까 접두사 홀과 핫의 관계는 접두사 홑과 겹의 관계
와 비슷한 데가 있다.

홀어미란 남편을 여의고 혼자 사는 여자를 뜻한다. 이혼

한 뒤에 혼자 사는 여자를 홀어미라고 하지는 않는다. 그런 여자는 되모시라고 한다. 그리고 되모시가 다시 시집을 갔을 경우 그녀를 되깎이라고 부른다. 그러니까 홀어미는 과부를 뜻한다. 홀아비 역시 아내를 여의고 혼자 지내는 남자를 뜻한다. 홀아비를 뜻하는 한자말인 환부鰥夫나 광부曠夫가 거의 죽은 말인 데 견주어, 홀어미에 대응하는 한자말인 과부가 홀어미보다 더 큰 세력을 얻게 된 것은 신기한 일이다. 나는 앞서 홀어미의 대응어가 홀아비라고 말했지만, 사실 과부가 홀어미보다 더 큰 세력을 얻은 이상, 그것은 언어 현실을 정확히 반영한 말이 아니다. 그래서 나는 과부의 대응어가 홀아비라고 고쳐 말하겠다.

또 하나, 홀어미/홀아비, 핫어미/핫아비에서 어미/아비는, 우리가 이미 짐작했다시피, 꼭 아이들의 부모라는 뜻이라기보다는 이미 결혼한 남녀라는 뜻이 더 강하다. 적어도 실제의 용법에서는 그렇다. 즉 그때의 어미/아비는 어미/아비의 뜻이라기보다는 차라리 지어미/지아비의 뜻이다. 물론 중세어에는 ㅎ올겨집寡과 ㅎ올어미寡母의 구별이 있기는 했었다. 지나는 김에 말하자면 현대어의 홀單은 중세어에서 ㅎ옷으로 나

홀어미

타나고, 현대어의 홀寡은 중세어에서 ᄒ올로 나타난다. 이 말들이 근원적으로는 같은 뿌리를 지니고 있었을 거라는 짐작을 하기는 어렵지 않다.

과부라는 말이 오랜 세월 쓰이면서 지니게 된 탐탁지 않은 울림이 꺼림칙해서인지 언젠가부터는 미망인이라는 말이 점잖게 사용되고 있지만, 하종下從하지 못한 사람이란 뜻의, 즉 따라죽지 못한 사람이란 뜻의 그 미망인은 본디 홀어미가 자기 자신을 낮추어서 쓰던 말이므로 남에게 쓸 수 있는 말은 아니다. 누구를 미망인이라고 부른다면, 그녀가 어서 죽기를 바란다는 말밖에 더 되겠는가? 그러나 다른 한편으로 생각해보면 이것은 그저 고지식한 원칙론일 뿐이다. 어떤 이유에서든 미망인이 과부보다 더 점잖은 뉘앙스를 지니게 됐다면, 굳이 그 말을 쓰기를 마다할 이유는 없을 것이다. 그리고 언젠가는 미망인이라는 말이 과부라는 말보다 더 큰 세력을 얻어서, 꼭 점잖은 자리가 아니더라도 홀어미를 뜻하는 일반적인 말로 자리 잡을지도 모른다. 아직까지는, 내 느낌으로는, 과부의 세력이 미망인의 세력보다 큰 것 같다. 과부라는 말에 다소 얕봄의 느낌이 배어 있기는 하지만 말이다.

홀어미

과부는 과수寡守, 과녀寡女, 과부댁, 과수댁 따위로도 불린
다. 젊은 과부나 젊었을 때 과부가 된 여자는 청상이라고 한다.
또 정혼한 남자가 죽어서 시집도 가보지 못하고 과부가 된 여
자를 까막과부라고 한다. 법적·사회적 압력으로 여자의 재혼
이라는 것이 거의 불가능했던 봉건시대에 과부가 된다는 것은
그야말로 하늘이 무너지는 것 같은 일이었을 것이다. 경제적
궁핍도 궁핍이거니와 우선 무엇보다도 성적 욕구를 배출하기
가 어려웠을 테니까 말이다. 특히 청상의 경우라면 더욱더 그
랬을 것이다. 과부와 관련된 속담들은 그래서 대체로 성적 욕
구불만에 관한 것이거나 경제적 궁핍에 관한 것이다. 과붓집
가지밭에는 큰 가지가 없다라는 속담이 과부의 성적 욕구불만
을 익살맞게 지적한 것이라면, 과부 은銀 팔아먹기라는 속담
은 과부의 경제적 궁핍을 지적한 것이다.

　　그렇지만 과부의 경제적 궁핍은 그것이 홀아비의 경제적
궁핍과 비교되는 순간 갑자기 경제적 유복함으로 반전된다.
홀아비는 이가 서 말 과부는 은이 서 말이라는 속담이 그 예다.
과부는 알뜰하게 살면서 돈을 모을 수가 있지만, 홀아비는 게
으르고 헤퍼서 생활이 곤궁하다는 뜻이다. 요컨대 여자는 남

홀어미

자 없이도 혼자 살림을 해나갈 수 있지만, 남자는 여자 없이 혼자 살림을 해나갈 수 없다는 뜻이다. 일본 사람들에게도 비슷한 상상력이 있다. 홀아비 살림에 구더기가 끓고, 과부 생활에 꽃이 핀다는 일본 속담이 여자에게보다는 남자에게 홀앗이가 훨씬 더 힘들다는 사실을 지적하고 있다. 사실, 봉건시대의 여자에게 남편 섬기기란 여러모로 지금보다 훨씬 더 힘겨운 일이었을 터이므로, 남편의 죽음이 아내에게는 한편으로 해방을 뜻했을지도 모른다. 과부는 찬물만 먹어도 살이 찐다는 속담은 그런 해방된 여자의 홀가분함을 지적한다.

그러나 은을 서 말 쌓아놓고 꽃을 가꾸며 자유롭게 사는 듯해도 그런 것들은 그저 허울 좋은 과부 생활일 뿐이었다. 특히 혼자 사는 여자를 깔보던 시절에는 꼭 성적 욕구불만이 아니더라도 과부의 설움이 대단했을 것이다. 그리고 그 과부의 설움은, 속담들이 지적하고 있듯, 동무과부 아니면 홀아비만이 안다. 과부 홀아비 만나는 데 예절 찾고 사주 보고 할까라는 속담은, 팔자 사나운 남녀의 허술한 성례만을 뜻하는 것이 아니라, 같은 처지의 남녀 사이에 피어나는 연대 의식을 뜻하기도 한다.

홀어미

홀어미와 관련해 한마디 덧붙이자면, 막되게 자라서 버릇이 없는 사람을 이르는 호래아들 또는 호래자식은 홀의아들 또는 홀의자식이 변한 말이다. 홀어미가 키운 아들이라는 뜻일 게다. 호래아들, 호래자식의 큰 표현은 후레아들, 후레자식이다.

후끈 달다

정념이 최고점에 이르다. 후끈 달았을 때
의 그 뜨거움은 물리적 추위를 대수롭지 않은 것으로 만든다.
고려 속요 〈만전춘 별사〉의 앞부분: 어름우희 댓닙자리 보와
님과 나와 어러주글망뎡/정情둔 오눐밤 더듸 새오시라 더듸 새
오시라. 얼음 위의 댓잎 자리에서 애인과 얼어죽을지라도 밤
이 한없이 길었으면 좋겠다고 그녀는 또는 그는 말한다.

후살이

여자가 두 번째(혹은 세 번째?) 결혼해서 사는 일. 후살이의 후는 後고, 살이는 시집살이, 첩살이, 더부살이, 고용살이, 셋방살이 따위의 살이다. 후살이를 개살이라고도 한다. 개살이의 개는 改다. 여자의 두 번째 결혼을 한자말로는 개가改嫁, 재가再嫁, 후가後嫁라고 한다. 후살이나 개살이라는 말에는 물론이고 개가改嫁 같은 한자말에도 칙칙한 느낌이 배어 있는 것은 여성의 재혼에 대한 전통적 편견 때문이다.

남자가 두 번째 결혼하는 것은 재취再娶라고 말한다. 그렇지만 개가, 재가, 후가 같은 말과 재취라는 말이 꼭 같은 넓이와 무게로 균형을 이루고 있는 것은 아니다. 우선 재취란 남자가 이혼을 하거나 부인과 사별을 하고 재혼하는 것만이 아니라 부인을 두고 다시 새 부인을 맞는 경우까지를 더러 포함하는 것이어서 뜻의 범위가 다르다. 또 전통적으로 남자의 재혼보다는 여자의 재혼이 더 비난을 받아왔다는 사정 때문에 그 의미의 무게가 다르다.

방금 전통적으로라는 말을 하긴 했지만, 한국 문화사를 통해 여자의 재혼이 늘상 비난받아왔던 것은 아니다. 예컨대 고대 부여에서는 형이 죽으면 아우가 형수와 결혼하는 이른바 형사취수 제도가 있었다. 그리고 그것은 부여 사회에서는 특별한 일이 아니라 자연스러운 풍속이었다. 이 형사취수 제도는 시동생과 다시 결혼하는 형수의 입장에서 보자면 결국 재혼인 것이다. 물론 이 형사취수제가 그 뒷시대까지 이어진 것은 아니다.

그러나 고려 시대 말 공양왕이 개가를 제한하는 법을 반포하기까지는 한국의 여성은 재혼하는 데 별 어려움이 없었다. 여성의 재혼 어려움을 맞게 된 것은 조선조의 성종이 개가금지법을 반포한 뒤부터다. 삼종지도三從之道 불사이부不事二夫 부창부수夫唱婦隨 효도정조孝道貞操 등 주자학적 유교 이데올

후살이

로기가 한국 사회에 퍼지기 시작하면서 이에 대한 친족법적 반영으로 반포된 재가금지법은 그 뒤로 수많은 과부들에게 단지 경제적 빈궁만이 아니라 성적 욕구불만을 들썩였다. 일종의 약탈혼이라고 할 수 있는 과부 업어가기가 사회적으로 묵인된 것은 엄격한 재가금지법에 대해 일종의 통풍 장치를 마련하기 위해서였다고 할 수 있다.

흐느끼다

몹시 서러워 흑흑 느껴 울다. 왜 여자의 흐느낌은 남자에게 성적 충동을 불러일으키는 것일까?

흐드러지다

       썩 탐스럽다. 무르녹은 육체는 대체로 흐
드러진 육체다.

흐벅지다

탐스럽게 두툼하고 부드럽다. 그녀의 허벅지처럼. 그녀의 흐벅진 허벅지처럼.

초판 서문
집과 소리와 사랑
─극히 사적私的인 넋두리 몇 마디

───────────

　　　　　새집으로 이사온 지 오늘로 꼭 일곱이레째
다. 나의 그 일곱이레는 소리와의 싸움이었다. 달포를 훨씬 넘
겼는데도 내 몸은 그 소리에 도무지 적응할 줄을 모른다. 이제
집은 내게 더이상 쉼터가 아니다. 그것은 싸움터다. 싸움······
언제 끝날지 알 수 없는 싸움. 불면과 신경질로 몸과 마음을 갉
으며 힘겹게 치러내야 하는 싸움. 새집에서의 일곱이레는, 볼
썽사나운 자기 연민을 조금 담아서 과장하자면, 지옥에서의 한
철이었다. 그렇다고 꼭 집 탓이라고만은 할 수 없다. 그것은 차
라리 내 몸뚱어리의 가련한 예민함 탓일 것이다. 나를 뺀 다른
식구들은 그 소리를 그저 무덤덤하게 견뎌내고 있으니 말이다.

사랑의 말, 말들의 사랑

그들이 소리를 견뎌낸다고 말하고 보니 좀 억울한 느낌이 든다. 그들이 소리를 견뎌낸다는 것은 딱히 알맞은 표현이 아니다. 그것을 견뎌내는 것은 나다. 다른 식구들은 단지 그 소리들에 무감각한 것이다. 세상은 불공평하다. 한 가족의 구성원 사이에도 그런 자연적 불평등이 엄존한다. 그렇지만, 적어도 우리 네 식구의 새집과 그 새집의 소리에 관한 한, 나는 그런 불평등을 축복으로 받아들인다. 가족들이 하나같이 소리에 민감해서 각자의 싸움을 치르고 있다면, 나는 그들과의 정서적 연대를 통해 힘을 얻기보다는, 새집을 구하며 가장家長으로서 내가 내린 선택의 성급함을 자책하느라 지난 일곱이레를 더 힘들게 보냈을 것이다. 그러니, 사실 그들이 소리를 견뎌낸다고 누가 말하더라도, 그것이 딱히 알맞은 표현이 아니라는 이유로 내가 억울해해서는 안 될 것이다. 그들이 정말로 소리를 견뎌내고 있다면, 견뎌내야만 한다면, 그거야말로 내게 억울한 일일 것이다. 어쨌든, 나는 가족을 물리적으로나 심리적으로 보위해야 할 가장이므로.

내가 일곱이레째 살고 있는 새 아파트는 파리의 동쪽 끝

집과 소리와 사랑

제20구에 있다. 파리시는 스무 개의 구區로 이뤄져 있는데, 구의 번호는 제1구인 파리 한복판의 루브르박물관 근처에서 시작해 마치 달팽이 껍질처럼 시계 방향으로 휘돌며 1에서 20까지를 채운다. 일률적으로 얘기할 수는 없지만, 대체로 낮은 번호가 매겨진 구가 값비싼 동네고, 높은 번호가 매겨진 동네가 값싼 동네다. 이 집으로 이사오기 전에 우리 식구는 몽트뢰유라는 곳에 살았었다. 몽트뢰유는 파리의 제20구와 붙어 있는, 그러니까 파리의 동쪽 경계 바로 바깥에 있는 코뮌이다. 프랑스에서 코뮌이란 가장 작은 단위의 행정 구역이다. 바로 그 위의 단위가 데파르트망이고, 그 위가 레지옹이다. 파리는 특별 행정 구역이어서, 하나의 코뮌이면서도 그 자체가 데파르트망이기도 하다.

내가 전에 살던 집은 몽트뢰유 코뮌에서도 파리 쪽에 바짝 붙은 지역에 있었다. 그러니, 우리 식구의 이사는 몽트뢰유 코뮌의 서쪽에서 파리 코뮌의 동쪽 끝 제20구로 이뤄진 것이다. 말하자면 우리는 전에 살던 곳에서 아주 가까운 곳으로 이사온 것이다. 지하철로 오자면 한 번 갈아타야 하므로 조금 번거롭지만, 만약에 택시를 탄다면 5분이면 올 거리다. 파리시를 둘

사랑의 말, 말들의 사랑

러싸고 있는 순환도로를 페리페리크라고 부르는데, 나는 동쪽 페리페리크의 바로 동쪽에 살다가 그 페리페리크를 건너 바로 그 서쪽으로 온 것에 불과하다. 그렇지만 어쨌든 내가 일곱이레 전부터 살고 있는 곳은 파리 코뮌이고, 그전에 살던 곳은 몽트뢰유 코뮌이다.

파리 코뮌 또는 파리 데파르트망, 그러니까 파리시는 인구가 2백 만이 조금 넘는, 그리고 넓이는 아마도 서울의 10분의 1정도나 될 작은 도시다. 그렇지만 흔히 "파리에 산다"고 말할 때의 파리, 즉 '파리 지역'은 파리시를 두 겹으로 둘러싸고 있는 일곱 개의 데파르트망까지를 포함한다. 즉 파리를 바로 둘러싸고 있는 센생드니, 발드마른, 오드센 세 개의 데파르트망과 다시 그 밖을 둘러싸고 있는 에손, 센에마른, 이블린, 발두아즈 네 개의 데파르트망이 '파리 지역'에 포함되는 것이다. 한때 프랑스 왕족들이 살았던 베르사유시는 이블린 데파르트망의 수도다. 파리 데파르트망을 바로 둘러싸고 있는 세 개의 데파르트망을 흔히 '작은 왕관'이라고 부르고, 그 바깥쪽의 데파르트망 네 개를 '큰 왕관'이라고 부른다. 그러니까 '파리 지역'이란 파리 데파르트망과 두 개의 왕관을 합해서 부르는 이

집과 소리와 사랑

름이다. 그 여덟 개의 데파르트망으로 이뤄지는 '파리 지역'의 인구는 천만이 넘고, 면적은 1만 2천 제곱킬로미터가 넘는다. 우리 식구가 일곱이레 전까지 살던 몽트뢰유시는 '작은 왕관'의 일부인 센생드니 데파르트망의 한 코뮌이다.

만만치 않은 경제적 부담을 무릅쓰고 우리 식구가 몽트뢰유 코뮌에서 파리 코뮌으로 이사를 하게 된 데는 몇 가지 이유가 있었다. 첫째, 몽트뢰유의 집은 우리 네 식구가 살기에 너무 비좁았다. 방이 하나에 살롱이 하나 있었는데, 그 방 하나를 아내와 내가 쓰고, 살롱을 둘로 나누어 그 반쪽에서 아이들 둘을 기거하게 했던 것이다. 살롱의 나머지 반은 내 작업실—작업실이라고 말하고 나니 내가 정말 무슨 작업이라도 하는 것 같아서 겸연쩍기는 하다. 그저 컴퓨터와 프린터와 전화기와 팩시밀리와 미니텔 같은, 내가 별로 익숙해질 수 없었던, 그리고 지금도 여전히 익숙하지 않은 전기·전자 제품들이 그곳에 놓여 있었다—로 쓰고 말이다. 살롱의 반쪽을 아이들에게 할당한 것은, 나만이 아니라 아이들도 예의 그 전기·전자 제품의 사용자였다는 이유에서만이 아니라 그때로선 달리 별 뾰족한 수가 없어서이기도 했지만, 세는 나이로 열네 살인 큰아이와 열 살인 작은아이 모두에게 좀 너무한 짓이었다. 그 아이들도 이제 '사생활'이 필요할지도 모를 나이에 들어서고 있는데 말이다. 더구나 내가 주로 밤에 일을 해야만 했으므로(내가 본디 야행성인 탓도 있지만 내가 협력하고 있는 한 일간신문의 마감시각이 프랑스 시각으로는 늦은 밤이거나 이른 아침이므로), 아이들은 제대로 잠을 잘 수가 없었다. 아이들이 둘 다 비교적 신경이 무딘 편이기는 하지만, 그리고 그 아이들의 방과 내 '작업실' 사이에 커튼을 하나 쳤다고는 하지만, 커튼 저쪽에서 새어나오는 강렬한 할로겐 불빛, 컴퓨터 자판 두드리는 소리, 프린터 소리, 이따금씩은 이쪽 시간에 아랑곳없이 서울에서 걸려오는 전화의 벨 소리, 무엇보다도 내가 쉼없이 뿜어내는 담배 연기(이 담배 연기에 관한 한 나는 그 아이들에게 예나 지금이나 끔찍한 아비다) 따위가 그 아이들에게 작지 않은 고역이었을 것이다. 우리에게는 조금 더 넓은 공간이 필요했던 것이다.

둘째, 몽트뢰유의 집은 겨울엔 너무 추웠고 여름엔 너무 더웠다. 그 집은 말하자면 전통적인 프랑스식 아파트였던 것이다. 당연히 엘리베이터 같은 것은 꿈도 꿀 수 없고, 그래서 삐

그덕 소리가 나는 나무 계단을 다섯 층이나 올라가야 하는 아파트. 사실, 여름에 너무 덥다는 것은 그리 문제가 안 되었다. 하루종일 몸에 물을 뿌려댈 수도 있고, 비록 우리 식구들은 선풍기 없이 견디기는 했으나 여차하면 선풍기를 살 수도 있는 노릇이었다. 그러나 겨울에 춥다는 것은 좀 심각한 문제였다. 나나 작은아이가 특별히 추위를 타기도 했지만, 날씨나 기온에 견딜성이 강한 아내나 큰아이에게도 몽트뢰유 집의 추위는 호락호락하지 않은 것이었다. 전기로 작동되는 스팀이 방과 살롱에 하나씩 있기는 했지만, 추운 날에는 그걸 하루종일 작동시켜놓아도 한기가 가시지 않았고, 또 스팀을 하루종일 작동시켜놓을 경우에 드는 전기 요금도 결코 만만치가 않았다. 우리가 그 집에 이사한 것은—프랑스에 와서 우리가 살게 된 첫 번째 집이므로 이사했다기보다 입주했다는 표현이 더 어울릴 테지만—작년 3월이었는데, 그때부터 5월 말까지는 겨울 기분이었다. 게다가 9월이 되자 벌써 또 겨울이었다. 그 집에서, 겨울은 너무 빨리 찾아오고 너무 늦게 물러났던 것이다. 우리에겐 따뜻한 공간이 필요했다.

셋째, 몽트뢰유의 집은, 이것은 그 집이 문제가 아니라 파리 코뮌 바깥에 있는 그 지역이 문제였던 것이지만, 내 밥벌이와 관련해서 약간의 불편함이 있었다. 내 밥벌이란 프리랜서로 여기저기 잡글을 써대는 것인데, 그러자면 신문과 방송을 모니터하는 것이 중요하다. 그런데 그 점에서 몽트뢰유는 다소 불편했다. 예컨대 〈리베라시옹〉 같은 조간신문이 파리 시내와 서쪽 교외에는 배달이 되지만, 몽트뢰유에는 배달이 되지 않는 것이다. 또 몽트뢰유는 케이블망이 아직 설치되지 않은 지역이기도 하다. 시엔엔이나 엘세이 같은 케이블 뉴스 방송을 볼 필요가 있었던 내게 몽트뢰유는 좀 불편한 곳이었다. 우리에겐 좀더 정보화된 지역이 필요했던 것이다.

넷째, 어쩌면 이것이 가장 중요한 이유인지도 모르지만, 몽트뢰유에선 체류증을 발급받는 데 번거로운 절차가 많았다. 그것은 몽트뢰유만의 일은 아니고, 파리 시내가 아닌 교외 지역이라면 어디서나 있는 일이긴 하다. 그러나 몽트뢰유가 속해 있는 센생드니 데파르트망엔 외국인들이 특히 많이 살고 있고, 아마도 그 이유 때문에, 경찰청은 체류증 발급에 아주 까다롭게 굴었다. 센생드니의 도청 소재지는 보비니이고, 그 보비니의 경찰청이 센생드니 전체의 외국인들을 '관리'하는데, 이

집과 소리와 사랑

보비니 경찰청은 외국인들에게 표독스럽기로 이름이 난 곳이었다. 지난해에 그곳에서 처음 체류증을 낼 때, 결국 그녀가 내주기는 했지만, 창구의 여자 경찰관과 몇 차례 험한 말이 오가는 불쾌한 경험을 한 것이 마음에 걸렸다. 대체로 이런 이유로 우리 식구는 일곱이레 전에 파리 제20구의 아파트로 이사를 왔다.

이렇게까지 말하고 보니 몽트뢰유에 대한 내 기억이 오로지 참담한 것으로만 비칠까봐 겁난다. 사실은 그 반대에 가까웠다. 몽트뢰유 아파트의 비좁음은 사실 우리 식구들이 서울살이 때부터 이미 익숙해져 있던 불편함이었다. 몽트뢰유 아파트의 추위는 우리 네 식구의 마음까지를 춥게 하지는 못했다. 몽트뢰유의 '전근대적' 정보 시스템은 그때그때 내가 조금만 바지런을 떨면 견딜 만한 것이었다. 외국인에 대한 보비니 경찰청의 관료주의는 우리 식구들만 겪는 것은 아니었고, 게다가 그것은 1년에 이틀이나 사흘 정도만 치르면 되는 불편함이었다. 무엇보다도, 몽트뢰유의 집 근처에는 뱅센 숲과 몽트뢰유 벼룩시장과 따뜻한 이웃들이 있었다. 하긴, 아직 따뜻한 새 이웃에 대해선 뭐라 말할 수 없지만, 뱅센 숲과 몽트뢰유 벼

사랑의 말, 말들의 사랑

록시장은 새집에서도 멀지 않다. 아까참에도 말했듯, 새집은 옛집에서 택시로 5분이면 올 거리니까.

어쨌든, 이사를 함으로써 우리 식구는 예전의 그 불편함들에서 해방될 수 있었다. 첫째, 새로 이사온 아파트는 이전의 집에 견주어 제법 넓다고 할 수 있다. 자그마한 방이 셋이고, 거기에 덧붙여 살롱이 하나 있다. 아이들은 드디어 제 방을 하나씩 갖게 됐다. 나머지 방 하나를 아내와 내가 함께 쓰고, 살롱이 내 작업실이 된 것이다. 게다가 그 살롱은 부엌을 사이에 두고 아이들의 방과 분리돼 있어서, 내가 밤 작업을 하며 내야 하는 빛과 소리와 담배 연기들로부터 아이들은 해방될 수가 있었다. 아이들은, 당연히, 새집을 좋아하게 되었다.

둘째, 아직 겨울을 나보지 않아서 자신있는 소리는 할 수 없지만, 새집의 겨울이 예전 집의 겨울에 비해 따뜻할 것은 충분히 상상할 수 있는 일이다. 새로 이사온 집은 지은 지('집'이라는 명사는 동사 '짓다'에서 온 것이 아닐까?) 10년이 채 안 되는 현대식 아파트다. 엘리베이터와 돌계단으로 상징되는. 그리고 중앙난방이 작동되는.

집과 소리와 사랑

셋째, 비록 파리의 끝이기는 하지만, 그러니까 되풀이하자면 예전 집으로부터 택시로 5분 거리 정도를 움직였을 뿐이지만, 새집이 파리는 파리였다. 말하자면, 이곳은 케이블망이 설치된 지역이고 〈리베라시옹〉이 배달되는 지역이다. 덕분에 나는 맘만 먹으면 시엔엔이나 엘세이와 언제라도 접촉할 수 있게 되었고, 아침 이른 시각에 〈리베라시옹〉을 사러 신문 가판대에 나가는 바지런을 떨지 않아도 되게 되었다.

넷째, 체류증 문제는 아주 쉽게 해결되었다. 실상, 우리 식구의 체류증은 이미 만기가 지난 상태였고, 그래서 혹시 그것 때문에 파리 경찰청이 까탈을 부리지나 않을까 은근히 걱정이 되기도 했는데, 이사한 지 사흘째 되는 날 아내와 내가 노트르담 성당 맞은편의 파리 경찰청을 찾아가 만난 공무원은 바로 그 자리에서 새 체류증을 발급해주었다. 프레스 카드 말고는 내게 아무런 증명서도 없었는데 말이다. 아내와 나는 단지 체류증을 경신하려면 어떤 서류들이 필요한지를 알아보고 필요한 서류를 갖춘 뒤 만나야 할 체류증 담당 공무원과의 시간 약속을 위해서 경찰청엘 갔던 것이데, 정말 뜻밖에도 그날 그 자리에서 새 체류증을 받게 되었다. 만약에 보비니 경찰청이었

사랑의 말, 말들의 사랑

다면, 우선 약속을 받기 위해 줄을 서서 이른 시각부터 하루를 기다려야 했을 것이고, 담당 경찰관은 수입 증명서, 재직 증명서, 은행 잔고 증명서, 집세 영수증, 전기 요금 납부 증명서, 의료 보험 증명서를 포함한 숱한 증명서를 요구했을 것이고, 그녀는 또는 그는 우리가 그런 증명서들을 다 갖추어 가도 이런저런 트집을 잡아 되돌려보내려고 했을 것이고, 또 마침내 더이상 트집을 잡을 수 없다는 것이 분명해진 뒤에도 1년 기한의 정식 체류증을 발급하는 대신 6개월 뒤에 정식 체류증과 교환할 수 있는 접수증을 발급했을 것이다. 우리는 이사의 목적을 달성한 셈이다.

그러나 그렇게만 말하는 것은 불공평한 일일 것이다. 새집은 적어도 두 가지 점에서 나를 애먹이고 있다. 첫 번째 것은, 이미 각오한 일로서, 집세 문제다. 새 아파트의 집세는 예전 아파트의 집세에 견주어 거의 두 배 가까이 된다. 내 한 달 수입의 5분의 2 정도가 집세로 들어갔던 것이, 이제는 거의 5분의 4 가까이가 집세로 먹히게 되었다. 그렇지만 그것은 방금 말했듯 이미 각오한 일이고, 그러니만큼 특별히 억울하거나 속상

집과 소리와 사랑

할 일은 아니다.

  날 정작 괴롭히고 있는 것은 두 번째 문제다. 그것은 소리
다. 몽트뢰유의 예전 아파트는 큰길에서 꽤 들어간 데에 자리
잡고 있어서 도시 지역의 아파트로서는 드물게 조용했다. 들
리는 소음이라고 해봐야 탈것들의 기계음이라기보다는 주로
사람들 소리였는데, 그것도 우리 아파트가 4층, 그러니까 한
국식으로는 5층에 있었기 때문에, 여간해서는 귀에 거슬릴 정
도로 크게 들리는 일이 없었다. 그것은 그 집에 살면서는 미처
깨닫지 못한 그 집의 미덕이고 매력이었다. 그런데 새로 이사
한 파리 제20구의 아파트 건물은 세 개의 거리가 교차하는 지
점에 섬처럼 서 있다. 말하자면 6거리 한가운데에 우두커니 솟
아 있는 것이다. 하루종일, 그리고 밤까지도 내달리는 자동차
소리가 나를 끊임없이 괴롭히고 있다. 게다가 우리 아파트는 1
층, 그러니까 한국식으로 얘기해도 고작 2층이어서, 지상의
소리가 여과되거나 약화될 여지가 거의 없다. 이건 정말 예기
치 못한 복병이다.

  물론 이 집을 계약하기 전에 나는 아내와 함께 이 집을 살
폈다. 그러나, 집주인과 약속한 날이 우연히도 일요일이어서

사랑의 말, 말들의 사랑

(반드시 우연만은 아닐지도 모른다. 집주인의 '지혜'였을지도 모른다) 차량 통행이 비교적 뜸했고, 창문을 닫고 덧문까지 내리고 들어보니, 차 소리가 견딜 만하다고 생각됐었다. 게다가, 빨리 이사해야 한다는 조바심에 차 있을 때여서, 나는 소리 문제에 대해서까지 잔걱정을 할 겨를이 없었다. 그래서 덜컥 계약을 했고, 마침내 이사를 했는데, 아뿔싸, 첫날부터 온갖 탈것들의 소리가 나를 괴롭히는 것이다. 그렇지만 일반 자동차는 그래도 좀 낫다. 정말 견디기 힘든 것은 오토바이 소리다. 아, 파리의 이 혐오스러운 오토바이들…… 파리의 오토바이들 다섯 가운데 넷은 피자 배달원들이 타고 다니는 것이다. 나는 원래 피자를 좋아하지도 않지만, 이 집에 이사온 뒤로는 더욱더 피자를 혐오하게 되었고, 피자를 좋아하는 사람들마저 혐오하게 되었다. (게다가, 피자를 좋아하면 피자집에 가서 사먹으면 될 일이지, 왜 굳이 배달은 시킨담, 쯧쯧.) 이 집에 이사온 뒤로 계속, 오래전의 독서를 통해서 기억 속에 어렴풋이 박혀 있는, 지상의 고요한 방 한 칸을 찾아 헤매는 어떤 소설가를 생각했다. 그렇지만 내게는 이제 더이상 고요한 방 한 칸을 찾아 헤맬 힘이 없다.

집과 소리와 사랑

얼마쯤 고민하던 나는 살롱과 내 방에—아내와 나의 방에—오디오를 설치할까도 생각해봤다. 음악 소리로 자동차의 소음을 죽여볼 셈이었다. 내가 음악을 즐겨 듣는 것은 아니지만, 그래도 그것이 자동차 소리보다는 낫지 않을까 생각한 것이다. 우리 집엔 엉성한 카세트 라디오가 한 대 있을 뿐 볼품 있는 오디오가 없다. 그렇지만 오디오를 장만하겠다는 계획은 조금 미루고 있다. 이사한 지 일주일째 되던 날, 파리 중앙시장의 오디오 제품점엘 들렀으나, 스테레오 장치가 딸린 오디오가 값이 너무 비쌌던 것이다. 한꺼번에 집세를 거의 두 배로 올린 호사를, 팔자에 없는 호사를 하고 있는 나로서는, 집세 말고 다른 데다가 당장 그런 목돈을 들일 수가 없었다. 오디오 제품점을 나오면서 나는, 새삼스레, 돈이 자유고 복지구나 하는 생각을 했다. 쓸쓸하게. 그렇지만 오디오에 돈을 들여서라도 탈것들의 기계음에서 해방될 수만 있다면 좋으련만, 아직은 과연 그렇게 되는지 확신이 서지 않는다. 방에 있는 텔레비전의 볼륨을 아주 크게 해놓아도 오토바이와 자동차의 소음이 그 텔레비전 소리를 뚫고 들어온다는 걸 이미 몸으로 알고 있는 탓에, 오디오에 대한 내 기대와 믿음은 사실 그리 굳건하지가 못

사랑의 말, 말들의 사랑

하다.

요즈음의 내 불면증은 그 소리 탓일 것이다. 이사온 뒤로, 나는 밤이든 낮이든, 멍한 상태로 살롱의 소파에 기대 있거나, 그렇지 않으면 책꽂이에서 아무 책이나 끄집어내 의미도 음미하지 않은 채 활자만을 따라가곤 한다. 때때로 잠을 청하지 않는 것은 아니다. 나는 잠을 자기 위해서, 내 방의(아내와 내가 함께 쓰는 방 말이다) 창문과 덧문을 닫고, 침대에 눕는다. 나는 하나, 둘, 셋, 넷 무의미하게 수를 헤아리기 시작한다. 그 헤아림은 이내 창문과 덧문을 뚫고 방 안으로 침입하는 기계음에 의해 불연속화된다. 나는 지난날의 추억을 회상한다. 나는 파리의 거리 이름들을 외워본다. 그런 회상과 기억들도 집 앞의 한길에 오토바이가 한번 지나가면 여지없이 흩뜨려진다. 잠은 오지 않는다, 라고 말할 수는 없다. 잠은 온다. 그러나 잠이 들지는 않는다. 어쩌다 잠이 들어도 그 잠은 얕고 짧다.

나는 잠자기를 포기하고 다시 살롱으로 나와 소파에 기대 앉는다. 옆의 책꽂이에서 아무 책이나 꺼내 펼친다. 눈을 피로하게 하기 위해서. "······산란한 유리 쪼가리들에 둘러싸여 엎

집과 소리와 사랑

드려 있는 그대로, 고개를 바짝 든다. 뭔가 끝없이 철컥이는 기계 소리가 들려온다. 그 소리는 언제나, 먼저는 인쇄기 소리로 들린다. 네가 배신자가 되어 대학을 졸업하고 독기가 뻗쳐 취직했던 인쇄공장에서 하루 여덟 시간, 열 시간씩, 솜으로 귀를 틀어막고 그 앞에서 들었던, 활판 인쇄기의 자동 운동 소리. 석 달을 못 견디고 물러섰지만, 네 감각에 영원히 기계 소리에 대한 알레르기성 반응 증세를 심어놓았던 그 소리. 그 소리가 그러나 기차 소리라는 것을, 뒤늦게나마, 나는 가늠할 수 있다. 곧 기차가 기차답게 기적을 울리면 확신조차 할 수 있다……"

눈은 피로해지지 않고 마음만 피로해진다. 그래, 눈은 피로해지지 않는다. 어쩌면 눈이 이미 피로해졌는지도 모른다. 어쨌든 나는 그걸 못 느끼겠다. 나는 눈을 비비지 않는다. "안녕히 주무셨어요, 아빠?" 하고 작은아이가 눈을 비비며 제 방에서 나온다. 어느덧 아침이다. "안녕히 주무셨어요, 아빠?"는 그저 이 아이의 말버릇일 뿐이다. 이 아이는 내가 줄곧 밤에 잠을 안 자는 걸 알고 있다. 이 아이의 말버릇일 뿐이다라는 말은 정확하지 못할지 모른다. 그것은 사회적 관습이다. 오스틴이나 존 설이라면 이 하찮은 아침 인사를 꼬투리 삼아 '언표 내적

사랑의 말, 말들의 사랑

행위'의 '행복 조건들'을 따져보며 자기 아이에게 화행이론 강의를 시작했을지도 모른다. 나는, 그러는 대신, 내 연기술이 허용하는 최대한의 살가움을 담아 아이에게 대답한다: "잘 잤구말구. 우리 아침두 잘 잤지?" 이 아이의 이름도 아침이다.

그렇다. 둘째아이에 대한 내 살가움은 어느 정도는 연기다. 그렇지만 그것이 순전한 연기는 아니다. 지난 여드레 동안 나는 내 사랑을 조금이나마 회복하게 되었다. 그 여드레 동안 나는 이 책을 썼다. 이사온 뒤로 잠이 형편없이 부족한 상태가 계속되자 내 몸은 미움과 신경질로 그득 차게 되었고, 나는 위기감을 느꼈다. 나는 억지로 사랑에 대한 생각을 함으로써, 내 몸을 적시는 미움을 중화시키고 싶었다. 그 강요된—자발적 강요도 강요이므로—생각의 결과가 이 책이다.

사실, 지난 여드레 동안 나를 지배한 생각은 사랑에 대한 생각이라기보다는 사랑의 말들에 대한 생각이었다. 그것을 사랑에 대한 생각이라고 말할 수 있다면, 그것은 말들의 사랑에 대한 생각이었을 것이다. 말들의 사랑이라는 말에서 말들은 사랑의 주체이기도 하고 객체이기도 하다. 말들이 사랑의 객체가 됐을 때 그 사랑의 주체는 또다른 말들이기도 하지만, 나 자신이기도 하다. 문헌학자 또는 언어학자를 뜻하는 유럽어의 어원은 말의 사랑이라는 뜻이다. 그때의 말은 사랑의 객체다.

그러나 나는 문헌학자도 언어학자도 아니다. 민속학자도 사회학자도 정신분석학자도 아니다. 어떤 종류의 교사는 더더욱 아니다. 그러니, 이 책에서 말들에 대한, 또는 사랑에 대한, 또는 사랑의 말들이나 말들의 사랑에 대한 어떤 과학적이고 교훈적인 통찰을 기대하는 독자가 있다면, 그는 이내 실망을 금치 못할 것이다. 이 책은 그저 사랑의 말들에 대한 어떤 몽상의 기록이다. 몽상은 잠을 빼앗긴 자의, 그러니까 꿈을 빼앗긴 자의 특권이다. 그러나 그것은 한편으로 고작 꿈의 시늉일 뿐이기도 하다.

몽상이라는 것이 으레 그렇듯, 이 책에 기록된 몽상도 비체계적이고 일탈적이다. 그러나 비-체계나 일탈은 때때로 해방의 또다른 이름이다. 스스로에게 강요한 이 해방적 몽상을 통해서, 나는 단지 소리나 미움에서만이 아니라 제도로서의 사랑에서도 해방되고 싶었다. 그 점과 관련해 지난 여드레 동안 내가 변한 것은 사실이지만, 내가 얼마나 변했는지 정확히

사랑의 말, 말들의 사랑

는 모르겠다. 그 여드레 동안 내가 정확히 알게 된 것은, 차라리 다시 확인하게 된 것은, 한국어에 대한 내 사랑이 끔찍이 도탑 다는 사실이다. 그 사랑은 결핍으로서의 사랑이다. 말하자면 그것은 그리움이다. 그 사랑을 결핍으로서의 사랑으로 만드는 것은 한국어와 나 사이에 놓인 지리적 격절이 아니다. 그 사랑 을 결핍으로서의 사랑으로 만드는 것은 내 육체에 아로새겨진 그 모국어의 무늬가 머지않아 맞게 될 마모磨耗의 운명, 말소 의 운명이다.

1995년 9월 22일 아침
파리 마레셰 거리 97번지에서
고종석 씀

집과 소리와 사랑

사랑의 말, 말들의 사랑

1판 1쇄 펴냄 2014년 3월 3일
1판 2쇄 펴냄 2014년 6월 11일

지은이 고종석
사진 studio NYHAVN
그림 이정호
펴낸이 정혜인
편집주간 성한경
기획위원 고동균
편집 천경호 성기승 배은희
아트디렉터 안지미
디자인 김수연 한승연
책임 마케팅 심규완
경영지원 박유리
제작처 영신사

펴낸곳 알마 출판사
출판등록 2006년 6월 21일 제406-2006-000044호
주소 121-869 서울시 마포구 연남로 1길 8, 4~5층
전화 02.324.3800판매 02.324.2846편집
전송 02.324.1144
전자우편 alma@almabook.com
트위터 @alma_books

ISBN 979-11-85430-13-3 03800

알마 출판사는 아이쿱생협과 더불어 협동조합의 가치를 구현하기 위한 출판공동체입니다.
살아 숨 쉬는 인문 교양, 대안을 담은 교육 비평, 오늘 읽는 보람을 되살린 고전을 펴냅니다.

종이 커버 오로지 화이트 팜드 120g/㎡ 표지 모린티 그레이 256g/㎡ 본문 그린라이트 100g/㎡

알마 출판사는 협동조합의 가치를 구현하기 위한 출판공동체입니다.

살아 숨 쉬는 인문 교양, 대안을 담은 교육 비평,
오늘 읽는 보람을 되살린 고전을 펴냅니다.

인문교양 | 자연과학 | 이슈북 | 과학과 사회 | 샘깊은오늘고전

정말 좋은 책은 어떻게 고를까?

'소문난 독서 고수' 강창래가 고전에 관한 전복적 상상력을 펼친다.

책의 정신

세상을 바꾼 책에 대한 소문과 진실

강창래 지음 | 신국판(양장) | 392쪽 | 19,500원

- 이른바 고전들에 대한 일반적 통념을 깨뜨리며 비판적 책읽기를 강조한다. 〈경향신문〉
- 저자는 출판인들의 사랑을 듬뿍 받고 있다. 술술 재미있게 잘 읽힌다. 〈중앙일보〉
- 역사상의 고전들을 넘나들며 들려주는 책의 이면사가 흥미롭다. 〈조선일보〉
- 저자가 꼬집는 것은 보수·진보를 가리지 않는다. 모두의 독선에 일침을 가한다. 〈서울경제〉
- 자유로운 책 읽기, 즐거운 책 읽기가 가능하다고 말하는 이 책의 등장이 저에겐 무척 반가웠습니다. 〈국민일보〉
- 《논어》는 "출세를 위한 자기계발서의 원조"라고 거침없이 말한다. 〈한겨레〉

- 2012년 환경부 우수환경도서
- 2011년 문광부 우수교양도서
- 제8회 평화독후감대회 선정도서

- 2009년 올해의 청소년도서

인문학으로 광고하다

박웅현 · 강창래 지음
신국판(올컬러) | 272쪽
17,500원

성공한 광고를 만들어내는
크리에이티브 디렉터 박웅현의
창의성과 소통의 기술

괜찮다, 다 괜찮아

공지영 · 지승호 지음
신국판 | 392쪽
12,000원

가슴 있는 자의 심장을 터뜨리는 작가
공지영이 당신께 보내는 위로와 응원

희망을 심다

박원순 · 지승호 지음
신국판 | 432쪽
13,000원

시대를 가슴으로 느끼고
이웃과 발로 뛰며 만드는 '희망' 이야기

빗물과 당신

한무영 · 강창래 지음
신국판(올컬러) | 244쪽
15,000원

서울대 빗물연구소 소장 한무영,
그가 밝히는 빗물의 행복한 부활

범죄심리

- 2008년 문광부 우수교양도서

모든 범죄는 흔적을 남긴다

마르크 베네케 지음
김희상 옮김
신국판 | 432쪽
15,000원

수사 현장을 누비고 있는 현역 최고 권위의
전문가가 들려주는 과학수사 이야기

연쇄살인범의 고백

마르크 베네케 지음
송소민 옮김
신국판 | 472쪽
18,000원

세계에서 가장 엽기적이고 경악스러운
살인 사건의 전모를 밝혀낸다

살인 본능

마르크 베네케 지음
김희상 옮김
신국판 | 496쪽
18,000원

세계적인 법의학자 마르크 베네케가
들려주는 살인자 추적기

과학수사로 보는 범죄의 흔적

유영규 지음
신국판 | 260쪽
16,500원

누적 조회 수 4000만 건을 기록한
국내 최초의 신문기자 법과학 리포트

SCIENCE & SOCIETY §§ 과학과 사회

성의 역사와 아이를 가지고 싶은 욕망

피에르 주아네 외 지음
김성희 옮김
4·6판(양장) | 200쪽
12,000원

오늘날 출산과 혈통 그리고 성 사이에
존재하는 수렴과 분산에 대한 검토

외계 생명체를 찾아서

프랑수아 롤랭 지음
김성희 옮김
4·6판(양장) | 136쪽
11,000원

지구 생명체라는 예에서 출발해
또 다른 생명체를 상상해볼 수 있을까?

우리의 기억은 왜 그토록 불안정할까

프랑시스 외스타슈 지음
이효숙 옮김
4·6판(양장) | 120쪽
11,000원

우리의 의식적 무의식적 정신생활의
중심에 있는 기억에 대한 연구

물질이란 무엇인가

프랑수아즈 발리바르 외 지음
박수현 옮김
4·6판(양장) | 160쪽
11,000원

물질 개념 정의의 변천에 따라
과학사가 달라져 왔다. 끊임없는 연구에도
우리는 여전히 물질에 대해 명확히
알지 못한다

- 한국간행물윤리위원회 선정
청소년권장도서

- 한국간행물윤리위원회 선정
'이 달의 책'

인간이란 무엇인가

파스칼 피크 외 지음
배영란 옮김
4·6판(양장) | 112쪽
11,000원

무엇이 인간을 특별한 존재로 만드는가?
인간의 정의는 무엇인가에 관한 세 명의
석학들의 답을 들어보자

동물들의 사회
사자, 개미, 마모셋원숭이

튁 알렝 지랄두 외 지음
아아주 옮김
4·6판(양장) | 144쪽
11,000원

사회성의 진화는 어떻게 일어나는가?
동물들의 특정한 행동 또는 습성이
어떤 과정을 거쳐 진화했는지
행동생태학적 분석들로 설명한다

기후 예고된 재앙

디디에 오글뤼스텐느 외 지음
박수현 옮김
4·6판(양장) | 160쪽
11,000원

어느 날 하늘이 머리 위로 떨어질까?
기후는 이미 변했는가? 앞으로 기후는
어떻게 변할까? 인류는 기후 변화로부터
스스로를 보호할 수 있을까?

죽는다는 것은 무엇인가

장 클로드 아메장 외 지음
김성희 옮김
4·6판(양장) | 156쪽
11,000원

삶을 향한 끝없는 욕망의 시대, 죽음에
대처하는 현대인의 자세.
간결한 필치로 그린 오늘날
죽음의 쟁점들